L'os du Toufoulkanthrope

L'os du Toufoulkanthrope

L'os

du

Toufoulkanthrope

(Récit plus ou moins scientifique)

Illustré par l'auteur

L'os du Toufoulkanthrope

© 2019, Yves Lafont

Edition : Books on Demand,
12/14 rond-Point des Champs-Elysées, 75008 Paris
Impression : BoD - Books on Demand, Norderstedt, Allemagne
ISBN : 9782322017911
Dépôt légal : mai 2019

L'os du Toufoulkanthrope

Du même auteur

Fragments et Bribes   2011

Le Secret du Chef   2010

L'archipel des Andouilles (Nouvelle)   2007

L'os du Toufoulkanthrope

L'Os était dans la tombe, s'ennuyant à mourir"
Le Chant de la Terre

Poème Bong (Afrique Orientale)

L'os du Toufoulkanthrope

L'os du Toufoulkanthrope

Pensées et remerciements à:

- "Marie C", pour la confiance et l'aide généreuse qu'elle m'a prodiguées.

- "Dino Z", le Paléontologue, qui me permit de découvrir les souterrains secrets du Muséum d'Histoire Naturelle.

- "Ghislaine", sans les conseils avisés et l'inaltérable affection de qui, le présent ouvrage n'eût jamais dépassé le stade "embrouillonnaire".

- "Didier", dont le secours précieux apporté à régler d'épineuses questions "typologiques" et "éditoriales" s'avéra décisif.

- "Yvette", trop tôt partie, et qui me manque.

Chapitre premier

Quand elle rentrait chez elle, la première chose que faisait Ludivine était *d'allumer la radio.*

« Djust a dgigoloooôoôo... ...
Djust a dgigoloooôoôo... ... »

Ensuite elle se déshabillait lentement, paresseusement, en commençant par les chaussures qu'elle jetait avec une pointe de cruauté dans un coin de la pièce. Elle aimait à se retrouver dans ce cinquième de la rue Lacépède qu'elle occupait depuis deux ans. Tout récemment promue au rang de chef de bureau au Ministère de la Culture, dans le *Service du Contentieux pour l'Indemnisation des Biens Spoliés,* elle accomplissait sa tâche avec beaucoup de zèle et rentrait fatiguée le soir. La chatte, Fidji, arrivait ensuite, respectueuse des traditions, pour se rouler aux pieds de sa maîtresse. Immanquablement, Ludivine saisissait Fidji à bout de bras et, le tenant tout près de son visage, frottait son nez sur la petite tache de fourrure blanche que l'animal arborait au cou, tout en accomplissant deux ou trois pas de danse.

Bonne journée ma petite Fidji ?

La chatte sortait un bout de langue rose qu'elle approchait, sans jamais les toucher vraiment, des lèvres de sa maîtresse. Ainsi en allait-il de la petite cérémonie quotidienne.

«Com' dhaaabituûuuûdeuhh...... »

Ludivine Beaufort venait d'avoir quarante ans. Elle était belle et élégante, et comme ancrée avec naturel dans la vie. Sa silhouette, sa chevelure, son nez, ses lèvres, ses yeux, tout en elle était bien dessiné et avenant, sa voix claire et bien posée, sa conversation affable et pleine d'esprit.

Alors ? D'aucuns, bons observateurs, se demanderont peut-être pourquoi la si charmante Mlle Beaufort ne partageait sa vie qu'avec un représentant de la gent féline, et d'autres, grands psychologues, répondront que, tout simplement, le commerce des hommes ne l'intéressait pas. Ce serait se tromper fortement. Plus jeune, Ludivine avait connu bien des succès et fait tourner bien des têtes ; ce dont, d'ailleurs, elle avait profité sans excessive retenue.

Ce jour-là, la radio annonçait une grève des professeurs de collège qui *montaient* en masse sur la capitale…

Ayant remis précautionneusement le chat à terre, Ludivine s'assit sur le canapé du salon dans une pose d'abandon trahissant le bien-être qu'elle éprouvait, en cet instant, la tête rejetée en arrière, attentive aux accords graves d'un saxophone.

« Ptsoôooing, ptsooooôôing... »

Ce qu'elle pensait de la situation ? Elle n'en parlait à personne. Et peut-être même n'en pensait-elle rien. Lorsque quelqu'un ou quelqu'une de ses connaissances l'entreprenait avec force mines de conspirateurs sur la question du célibat, elle partait d'un grand éclat de rire et changeait de conversation.

Ludivine se servit un grand verre de jus d'orange dans lequel elle ajouta une *petite larme* de vodka, habitude qu'elle avait prise depuis qu'elle occupait l'appartement. Dès les premières gorgées, elle sentait l'effet généreux de l'alcool monter en elle, envahir ses tempes et la plonger dans une réalité cotonneuse, élastique, agréable. Elle récupéra le courrier et le posa sur la petite table, en face du canapé. L'appartement était à l'image de la propriétaire, joli, sobre, raffiné ; chaque meuble, chaque objet occupait la place qui était la sienne, tout justement, et sans que l'idée vînt qu'on l'eût pu mettre ailleurs.

Comme beaucoup de femmes, elle avait été déçue par les hommes. Une déception progressive qu'elle n'avait pas voulue. Elle se le reprochait parfois. Il arrivait aussi qu'elle ressentît une blessure à cause d'eux, de leur prétendue virilité, qu'elle haïssait. Les hommes jeunes ne pensaient qu'à faire l'amour avant de manger, les plus âgés à ce qu'ils mangeraient avant de faire l'amour. Oh, cela était comme on dit *réducteur*, mais constant chez tous ceux qu'elle avait rencontrés...

Ludivine poursuivait sa lecture avec péné- tration, impassible en apparence. Cependant si l'on eût pu percevoir avec la même acuité que Fidji les menus signes d'agacement qui l'agitaient secrètement, il eût été loisible de deviner que la lettre ne contenait rien qui pût réjouir sa destinataire. Mais les chats ne savent rien des dures lois des hommes, du stationnement des automobiles et du *Trésor Public* ! Ils miaulent quand ils ont faim.

« Ma pauvre petite Fidji, pardonne à ta maîtresse qui manque à ses devoirs, allons viens, ma Belle... »

Ludivine arrêta la musique et se dirigea vers la cuisine, suivie de la petite chatte.

L'appartement se composait, outre du salon, d'une cuisine et de deux chambres, dont l'une était inoccupée.

L'os du Toufoulkanthrope

Elle tira d'un placard une boîte de nourriture féline, *Câlinou*, dont le couvercle était illustré d'un gros matou hilare et, pour ne point qu'elle se cassât, prit soin de tirer convenablement la petite languette de métal commandant l'ouverture. Celle-ci se brisait très souvent, contraignant les utilisateurs à des manipulations écœurantes. Elle extirpa, à l'aide d'un couteau, la pâtée gluante, à la *chair véritable de poulet des Landes*, pour la déposer dans la gamelle de Fidji qui se frottait contre ses jambes.

Ceci fait, elle sortit de la cuisine et ouvrit à sa droite une petite porte.

Il est d'usage, dans tout récit romanesque un tant soit peu décent, de ne point accompagner les gens lorsqu'ils ont à satisfaire un besoin naturel. Il ne sera donc pas dérogé à la règle et c'est sur le pas de la porte que l'on attendra poliment que Ludivine ait fini sa besogne.

Profitons-en pour compléter les traits du personnage.

Quoiqu'il pût ressortir quelquefois de son attitude une certaine distance, un soupçon de froideur, Ludivine était d'un tempérament passionné. Les grandes causes l'attiraient, les belles aventures aussi. Elle aimait la lecture et se plongeait avec ravissement dans les livres. Les faits divers, les grands procès, tous les spectacles de la vie, grandioses ou pitoyables, piquaient son imagination. Bien souvent, toute seule, elle se projetait dans un monde secret de dangers, de cruauté, de démesure. Mais il semblait toujours que le romantisme de Ludivine se heurtât au réel. Aussi bien les quelques *grandes causes* qu'elle avait épousées dans sa jeunesse qui bien vite s'étaient révélées comme de sombres querelles d'intérêts et de puissance, que les amours, d'abord passionnées, exaltantes, puis au fil du temps commerce insipide d'habitudes vulgaires, d'échanges mercantiles, de petitesses et de renoncements, tout cela l'avait éloignée du champ des réalités, et des autres.

Sans sombrer dans le *bovarysme* il faut bien avouer que Ludivine avait du mal à accepter le monde dans lequel elle vivait : un univers qui lui semblait dépourvu de relief. Pourtant elle persistait à croire que s'il se fût, quelque part, trouvé un être qui la comprît et partageât ses aspirations, il eût immédiatement trouvé le moyen de se faire connaître. Pour l'instant elle devait convenir que de telles occasions étaient rares.

D'un autre côté, en son fors intérieur, aux moments où une triste lucidité pénétrait son esprit, il lui apparaissait, sans qu'elle ne pût s'en expliquer la cause, que les transformations de la maturité avait dressé entre elle et *l'autre sexe*, une barrière infranchissable, d'une pesante rigidité.

Que l'on veuille bien pardonner l'interruption de ce portrait, car un bruit d'eau se fait entendre.

La *toujours jeune femme* retourna au salon. A petite gorgée, elle but le jus d'orange, puis alluma le téléviseur. Toujours les mêmes *têtes* ! Cela la faisait enrager qu'un petit cercle de personnes fût appelé à donner son opinion sur tout. Puis vinrent les *publicités*. L'une d'elles représentait avec beaucoup de réalisme une boîte de « Câlinou » *au saumon de Norvège*, qu'une jeune femme à la gorge avenante ouvrait avec une dextérité tout à fait stupéfiante. Tout est toujours facile dans la *publicité* !

Aura-t-on remarqué combien les chats peuvent être insensibles à la télévision ? Fidji dormait, la tête appuyée sur les genoux de sa maîtresse.

Pendant quelques instants, Ludivine joua de la télécommande, faisant défiler les images. Elle aimait les vieux films, *en noir et blanc*, surtout. Le jeu savant des ombres, la construction picturale des plans, le modelé sculptural des visages, la force presque sauvage des caractères, cela la plongeait dans un enchantement qui tenait de l'hypnose. Rien de tel ce soir-là. Elle éteignit le poste, d'un geste sec.

A nouveau, Ludivine se dirigea vers la cuisine.

Salade périgourdine, Gâteau de riz à la pistache : cela ferait très bien l'affaire pour le repas du soir. Depuis longtemps, elle ne cuisinait plus. A quoi bon quand on est toute seule ? Elle grignotait ce qui lui tombait sous la main ou elle mangeait à la *cafétéria*, plus rarement au restaurant. Il fallait qu'elle se méfie avec les sucreries. A son âge, les kilos guettent les moindres occasions *de vous fondre dessus* ! Elle eut envie d'un autre *jus d'orange,* mais repoussa l'idée.

Qu'allait-elle faire de sa soirée ? Dans les films, quelque chose d'inopiné advient toujours à l'héroïne ... Mais au lieu de cela :

Il reste à *rentrer le linge*, pensa-t-elle en faisant la moue.

L'un des désagréments de la vie en appartement réside dans les difficultés liées au séchage de certains vêtements, et ce malgré l'apparition de machines perfectionnée. Voilà pourquoi Ludivine, faisant une légère entorse aux règlements de copropriété, avait pris l'habitude de suspendre au balcon de la cuisine quelques effets intimes. Ces balcons intérieurs en formes de loggias qui se retrouvent à chaque étage de l'immeuble et qui regardent vers un ensemble de cours encombrées d'entrepôts, servent généralement à divers petits usages domestiques plus ou moins clandestins : remises pour vélos d'enfants, réfrigérateurs d'appoint, planches à voile, ou même, juste en-dessous, chez le très honorable Monsieur Poiret, plante verte étrange de la taille d'un petit arbre dont les rameaux vert pâle s'étendaient bien au-delà des murs, en quête de lumière.

Ludivine Beaufort décrocha donc son linge de la corde à sécher qu'elle avait installée d'un bout à l'autre de la

L'os du Toufoulkanthrope

terrasse et le déposa dans un panier d'osier. Le vent soufflait par courtes rafales, poussant de gros nuages gris. La nuit s'était presque installée sur la ville. Que se passa-t-il donc ? Assez soudainement, Ludivine Beaufort se pencha par-dessus le balcon. De dos, dressée sur la pointe des pieds, la poitrine engagée par-dessus la rambarde, elle semblait contempler le feuillage argenté de l'arbuste qui se trouvait sur le balcon d'Aristide Poiret, son voisin du dessous. Un petit rire clair jaillit d'entre ses lèvres. Dans l'ombre de la nuit tombante, sur le feuillage de l'arbuste qui se trouvait au-dessous d'elle, on pouvait distinguer une tache blanchâtre, doucement agitée par le vent. En un lent tournoiement, comme un oiseau de mer, l'une des petites culottes venait de s'échapper.

L'os du Toufoulkanthrope

Chapitre 2

Le professeur Aristide Poiret ne sortit pas du Muséum d'Histoire Naturelle par la rue Geoffroy St Hilaire comme il le faisait d'habitude mais par la rue Buffon et le quai St Bernard où l'apaisante perspective de la Seine lui faisait, durant quelques instants, oublier les fatigues de longues heures entièrement dévolues à la science paléontologique. Solidement campé sur sa bicyclette rouge, les sacoches du porte-bagages alourdies de dossiers, il circulait à bonne allure, pédalant hardiment. A cinquante ans, le professeur était dans la force de l'âge, vigoureux, de haute taille, le buste droit, la tête, aux traits fermes et réguliers, solidement posée sur un cou droit et long. Ses cheveux courts, régulièrement implantés sur son crâne, avaient conservé intacte leur couleur brune et leur densité étonnante ; autant de traits qui eussent pu le faire se considérer pour *bel homme* s'il se fût un tant soit peu soucié des apparences. Au lieu de cela, le professeur appartenait à cette catégorie de personnes que nous pourrions qualifier *d'invisibles* tant les mouvements centrifuges de la vie intérieure, les réflexions absconses et les pensées abstraites, avaient, au cours des ans, aspiré son ego vers un centre de gravité situé assez loin dans les profondeurs de lui-même.

Il se trouve que ce jour-là, alors qu'il circulait parfaitement indifférent au vacarme d'automobiles bloquées par une grève de professeurs de collège en marche vers le quai de Grenelle, son esprit, sujet à des pensées violentes et contradictoires fut saisi d'étrange confusion. Depuis quelques semaines, les événements semblaient se précipiter dans sa vie, en brisant le cours laborieux. En premier lieu, lui venait sans cesse à l'esprit l'extraordinaire découverte paléontologique qu'il avait faite, un mois plus tôt, et qui semblait sur le point de bouleverser toutes les données scientifiques sur les origines de l'homme : l'insoupçonné, l'inattendu, le formidable Toufoulkanthrope, l'Homo Primus, l'Ancêtre des Ancêtres, le Fécondeur des origines !

Il croisa encore ici ou là quelques groupes tonitruants d'adultes bigarrés arborant de grandes pancartes, dont l'un portait, en guise de masque, une énorme tête d'éléphant aux longues défenses recourbées. « Elephas primigenium » - mammouth laineux - ne put-il s'empêcher de penser à part lui, avant de mesurer, dans toute son ampleur, l'incongruité de cette réflexion. Bientôt, quelque dinosaure sortirait de la Seine ! Il se força à sourire, et pédala de plus belle.

Il y avait bien autre chose encore, qui le taraudait sans cesse d'une manière pernicieuse, et de laquelle, pour rien au monde, il n'aurait pu parler... Une chose si étrangère à sa nature que son évocation le plongeait aussitôt dans un état de torpeur languide, à la fois doux et douloureux, presque insupportable. Une forme de rêve flou, au contour de dentelles, une image entr'aperçue, blanche et vaporeuse ! Une... une... petite culotte de femme, retrouvée suspendue, la veille, sur le feuillage de son araucaria !

Ainsi, Aristide Poiret, en se mordant les lèvres, atteignit son logis de la rue Lacépède dans un état peu ordinaire de surexcitation, lancé désormais sur sa bicyclette à une vitesse stupéfiante.

On se doute à quel point, l'appartement du professeur Poiret pouvait différer de celui de Ludivine Beaufort, sa voisine, bien qu'il fût, en un peu plus grand, construit sur le même modèle. Il sera plus rapide, pour le décrire, d'indiquer qu'il ressemblait assez aux salles encombrées du Musée d'Histoire Naturelle dont il n'était, en quelque sorte, qu'une extension privée. S'y retrouvaient en effet, en sus de l'héritage familial constitué du grand lit de chêne et d'une immense armoire « début du siècle », tout le bric à brac nécessaire à diverses expériences, ainsi qu'un nombre impressionnant de livres. Toutefois, ce qui frappait le plus, était un grand squelette qui se dressait dans le couloir d'entrée, celui d'un homme de Tautavel, en résine synthétique, offert par ses collègues du département de paléontologie anthropologique, lorsqu'il avait succédé, à la tête du DPH[1], au très éminent Professeur Khär, son maître.

Par habitude, le professeur Poiret laissait ouverte la porte de la cuisine, de telle façon qu'il pût voir en rentrant le magnifique plan d'araucaria qui s'étalait majestueusement sur le balcon. Il serait, au demeurant, plus juste d'ajouter qu'il ne fermait point cette porte pour que l'arbuste pût le voir, lui, lorsqu'il regagnait son logis. En effet, l'étonnant végétal d'une espèce fort rare, ramené de Patagonie quelque dix ans plus tôt, avait pour habitude de saluer l'arrivée de son maître d'un imperceptible frémissement des feuilles. Cette propriété dite *rétractile* qui se manifeste également chez d'autres végétaux, atteint, pour les araucarias, des formes supérieures. Doit-on pour autant, parler de langage des plantes ? Assurément, sommes-nous tentés de répondre. Élevé depuis son plus jeune âge - tout bébé pourrait-on dire - au contact d'un homme de science, attentif à sa végétation, l'arbuste avait manifesté, très tôt, une intelligence tout à fait remarquable. Ainsi, pouvait-il non seulement exprimer des sentiments primaires comme la joie ou la tristesse, mais encore des nuances bien plus complexes de la panoplie affective et morale : la reconnaissance, l'indignation, l'agacement, la pitié, l'ironie, le sarcasme... Il va sans dire qu'il parvenait, sans aucune difficulté, à faire comprendre au professeur qu'il désirait un peu plus d'arrosage, davantage de terre ou quelque application supplémentaire d'engrais ou

---

[1] Département de Paléontologie Humaine.

bien d'insecticide. Tout dernièrement, il avait fait changer son pot.

Le professeur l'avait baptisé Alexandre.

Fort rarement, il pouvait advenir que quelques tensions existassent entre l'homme et la plante. Ce jour-là, par exemple, le Professeur Poiret ne put faire autrement que remarquer, dans le salut que lui lança l'arbuste, comme un soupçon moqueur qui l'irrita au plus haut point. Il tourna ostensiblement les talons et pénétra dans son bureau.

La première chose qu'il fit fut de s'assurer que l'os, l'os du Toufoulkanthrope, était bien à sa place, *son* os, impeccablement allongé dans un petit cercueil de verre étanche, posé sur le dessus d'une commode. L'os qu'il avait découvert, lui, Aristide Poiret, dans l'argile gluant du lointain Toufoulkan, l'os inestimable, l'os des origines, l'os primal, l'os substantifique ! Le contempler rendait lyrique. Il fredonna:

A l'os enfant de la patrie
Le jour de gloire est arrivé...

Ceux qui liront ces lignes penseront sans doute qu'Aristide Poiret avait raison perdue.

Que nenni. S'est-on déjà imaginé le triste destin du paléontologue ? Un homme perclus de science, jonglant allègrement avec les plus ardues des disciplines, engagé au front de la connaissance dans le secteur le plus avancé de la spéculation existentielle, sans cesse accroupi dans les glaises puantes de contrées sauvages infestées de vermine, cherchant inlassablement quelques fragments hypothétiques dont l'analyse se montrera susceptible de lui donner le reste de ses jours d'épouvantables migraines !

C'est pourquoi nous pardonnerons au Professeur Poiret ce court instant d'égarement pour nous pencher sur l'objet de sa découverte. On en trouvera, reproduite ici, la description inscrite au bulletin semi trimestriel n°1450856 de l'Académie de Science :

> *Os tibial intact de 37,16 centimètres de long et d'une circonférence de 8,4 centimètres au niveau médian, de couleur grise uniforme. Matière silicifiée de type pléistocénien ancien à granulosité moyenne. L'observation des tubérosités et des malléoles induit l'appartenance à un mammifère bipède de types Homo erectus, de sexe masculin. Les différents modes de datation permettent d'avancer l'hypothèse d'une ancienneté de l'ordre de 25 à 30.000.000 d'années.*

25 000 000 d'années ! Vingt cinq millions d'années ! Enterrés l'Australopithèque et autres pithécanthropes ; Lucy elle-même ramenée au rang de gamine immature ! Et Chenillard en faisait une tête ! L'ignoble Chenillard, dit *la Chenille,* le responsable du D.P.A (Département de Paléontologie *Animale...*) Durant des années, son collègue l'avait humilié. Chenillard par-ci, Chenillard par-là, l'obscur Chenillard et ses misérables reptiles !

Aristide avait la tête qui tournait. Il ne se sentait pas très bien.

Pendant un court instant, il se plongea dans la lecture d'une revue qui se trouvait devant lui : *Auto d'hier, passion d'aujourd'hui,* et parcourut d'une manière machinale les petites annonces.

Il nous faut ici préciser, pour ceux qui auraient fait du professeur Poiret l'un de ces scientifiques totalement absorbés par l'exercice de leurs éminentes fonctions, que l'homme possédait bien des cordes à son arc. Excellent cuisinier, éminent œnologue, il entretenait, en outre, dans un garage du Perreux, près de Nogent sur Marne, *une vieille Anglaise* qu'il s'appliquait jalousement à *remonter* dans sa version originale, avec le même zèle qu'il mettait à la reconstitution de squelettes. Il l'utilisait, chaque fois que son travail lui en laissait le temps, à parcourir les routes départementales du Val de Marne, et même au-delà.

Carburateur Phillips 45bkl, année 42, T.B.E
Essieu avant, Moor, 57, acier, largeur 421 pouces, prix à débattre.
Housse Montgomerry, modif. 62, jamais servi......

Ses yeux parcouraient, sans les voir, ces lignes qui l'eussent, à l'accoutumée, passionné. Il avait soif mais n'osait regagner la cuisine de crainte de croiser à nouveau le *regard* d'Alexandre. Sa propre lâcheté l'écœurait. En lui-même, le mot *fétichisme* revenait sans cesse avec une connotation dégoûtante et barbare. Pourtant, il n'y tint plus et, comme un possédé, se précipita vers une petite commode dans laquelle il conservait quelques moulages occipitaux. Bien vite, il en sortit un coffret de plastique transparent de couleur verte. La ***chose*** était bien là ! Son odeur d'abord, si douce et pénétrante, puis sa couleur, d'un blanc crémeux, sa texture enfin, délicate et soyeuse... Comme ensorcelé, il ferma les yeux.
Les événements de la veille au soir lui vinrent à la mémoire...

* * *

Chapitre 3

La veille au soir, précisément, Aristide Poiret était rentré fort tard.
La déclaration qu'il préparait au sujet du Toufoulkanthrope l'absorbait presque entièrement. En outre, il avait fallu ce jour-là *arroser* la dernière des innombrables décorations de l'ineffable Chenillard. Ce dernier avait été promu au rang de *grand maître des palmes paléontologiques.* A croire que certains inventaient des médailles pour mieux se les attribuer ! Aristide les avait toujours refusées. Il retournerait à la terre comme il était venu, comme ses ancêtres lointains dans l'intimité desquels il vivait depuis de longues années ; tandis qu'il faudrait un semi-remorque pour accompagner *la Chenille* et toute sa quincaillerie jusqu'à sa dernière demeure !

Ce soir-là, donc, dès qu'il avait franchi le seuil de son appartement, Aristide Poiret avait senti que quelque chose d'inhabituel s'était produit en son absence. Il en avait eu l'absolue certitude lorsqu'Alexandre, d'un naturel pondéré d'ordinaire, avait manifesté des signes d'agitation fébrile. Il s'était mis à fermer et refermer frénétiquement ses folioles en un mouvement trahissant un désarroi complet. Aussitôt, le scientifique, s'approchant prestement de l'arbuste, avait constaté qu'une espèce de petit tissu blanc s'était accroché à ses branches. Et bien vite, d'un geste paternel il avait eu tôt fait de délivrer l'araucaria du parasitaire fardeau.
Sans prêter plus d'attention à ce qu'il fallait bien nommer un incident sans conséquence, Aristide, d'un seul coup d'œil, évaluant simultanément les conditions dans lesquelles la pesanteur avaient pu s'exercer, de même que la vitesse du vent et d'autres facteurs gravitationnels, en avait

tout naturellement déduit que l'objet qui s'était déposé sur les feuillaisons sommitales de l'arbuste ne pouvait provenir que de la corde d'étendage de sa voisine du dessus, Mademoiselle Ludivine Beaufort. Rassuré, il avait adressé à Alexandre quelques mots de consolation et déposé le petit linge blanc sur un bras de fauteuil du salon.

Puis il avait vaqué à ses occupations.

Beaucoup plus tard, alors qu'il s'était mis au lit, le professeur avait, pour la première fois, été saisi d'une impétueuse curiosité. Sans même comprendre ce qu'il faisait, il s'était levé d'un seul bond et précipité vers l'endroit où se trouvait la fine pièce de tissu blanc. D'un geste malhabile, il s'en était saisi, et, l'ayant dépliée, l'avait considérée avec une attention gênée.

Nous ne perdrons pas de temps à décrire une petite culotte. On sait combien tous ceux qui font œuvre de lingerie dispensent d'efforts pour les rendre affriolantes - Ludivine se fournissait *au trentième dessous,* une boutique du Faubourg Saint Denis - La réussite, en l'occurrence, était totale. Subjugué, le digne professeur avait été la proie d'un trouble fulgurant :

« *Avec ses vêtements ondoyants et nacrés*
Même quand elle marche on croirait qu'elle danse
Comme ces longs serpents que les jongleurs sacrés
Au bout de leurs bâtons agitent en cadence. »

Les vers fameux de Baudelaire semblaient s'écouler du tissu.

Bien vite, il avait relâché l'objet, comme s'il eût posé la main sur une flamme, et était retourné derechef en son lit.

Cependant, quoiqu'il eût tout fait pour fermer les paupières, le sommeil l'avait boudé irrémédiablement. Une gamme de sensations étranges avait pris possession de son corps. Bien qu'il s'y refusât de toutes ses forces, le visage de sa voisine s'était dessiné avec une impressionnante acuité au fond de son esprit. Le souvenir de ses lèvres charmantes et de ses lourds cheveux l'avait plongé dans un gouffre sans fond.

> « *O toison, moutonnant jusque sur l'encolure*
> *O boucles ! O parfum chargé de nonchaloir !* »

Le professeur, à l'agonie, n'avait cessé de se retourner dans son lit, tel le malheureux Saint Laurent allongé sur son grill ! Alors, saisissant l'oreiller de ses mains puissantes, il y avait enfoui la tête, résistant à grand peine au désir de le mordre.

Enfin, n'en pouvant plus, il s'était levé d'un seul bond, et avait enfermé l'objet de ses fantasmes dans une *boîte hermétique du Docteur Boubée*. Après quoi, il avait pris une plume et avait rédigé cette lettre :

Chère voisine

Nous devons sans doute au caprice du temps la brise des jours derniers. J'ai découvert ce soir sur mon balcon un vêtement de petite taille, qui, vraisemblablement, s'est échappé du vôtre. S'il en était ainsi et que vous constatiez que quelque effet de votre garde-robe vous fît défaut, je serais bien entendu ravi de me tenir à votre disposition pour le restituer. Veuillez croire, chère voisine, à mes sentiments dévoués.   A. Poiret

Sans plus attendre, il avait descendu par l'ascenseur les quatre étages de l'immeuble et avait déposé la lettre dans la boîte de sa voisine.

La vie sentimentale d'Aristide Poiret n'avait jamais été de celles dont on fait les romans. Le seul amour qui eût un peu compté pour lui était déjà un souvenir lointain. Il venait de passer sa thèse. De grands yeux verts qui le suivaient avec une attention constante, tandis qu'il donnait ses premiers cours d'anatomie comparée, l'avaient tout de suite séduit. Ils appartenaient à une jeune étudiante de cinq ans sa cadette, nommée Eléonore. Tout était allé très vite en besogne comme il se doit lorsque les mots sont inutiles. Aristide avait éprouvé pour elle un amour très profond qu'elle lui avait rendu. De promenades romantiques sur les bords de la Seine en discussions passionnées et tardives, le mot *mariage* avait fait son apparition… Hélas, la découverte d'un gisement fossile dans les marnes oligocènes d'Afrique Orientale avait été fatale aux projets nuptiaux ! Lorsqu'il était rentré de son expédition, dirigée par le Professeur Khär, Eléonore s'était lancée avec un autre dans l'étude de l'anatomie comparée !

Aristide en avait éprouvé une grande peine qu'il avait longtemps dissimulée sous un masque d'indifférence, et gardée secrète au fond de lui une blessure profonde.

Se vouant pour toujours au sacerdoce paléontologique, il s'était, depuis lors, enfoncé dans le célibat avec une rare constance.

Il faudrait néanmoins nuancer ce propos, célibat n'étant pas chasteté.

L'os du Toufoulkanthrope

De toutes les menues aventures du Professeur Poiret, qu'il serait fastidieux d'énoncer en un triste cortège d'étreintes furtives et d'écoulements hormonaux, nous n'en retiendrons qu'une.

* * *

Chapitre 4

Nul ne sait avec précision comment Yi-Yi arriva à Paris. Les conditions exactes dans lesquelles elle fut ramenée du Triangle d'Or par l'équipe de Paléontologie Animale du professeur Chenillard restent mystérieuses. Elle se trouvait « dans les bagages », parmi des monceaux de fossiles, des tonnes d'ossements et de restes épars. Certains dirent qu'à force de menus services rendus dans les jungles épaisses de Birmanie, elle s'était, en quelque sorte, si bien fondue dans le groupe que sa présence avait paru toute naturelle, jusqu'au retour au Muséum.

En ce temps-là, Aristide Poiret, fraîchement promu à la tête des affaires *humaines* du DEPS (Département d'Étude Paléontologique Supérieure), était à la recherche d'une personne qui pût l'aider à tenir son ménage. C'est ainsi que, sous les chaudes recommandations de Geoffroy Chenillard, il fut convenu qu'il emploierait Yi-Yi, sous conditions d'hébergement et d'un salaire très modeste.

Certains personnages offrent, quant à la description, un relatif confort. De mauvaises langues en se gaussant parleront de *caricatures*. D'autres encore, arguant d'une frileuse correction idéologique évoqueront le stéréotype ethnique. Que diable ! Laissons à chacun la liberté d'être perçu avec le charme des différences. Nous ne sommes pas davantage responsable des formes que l'imagination donne aux êtres fictifs, que de celles que la Nature confère aux vivants d'une manière souvent beaucoup plus accentuée et imprévisible. Ce serait la preuve d'une bien singulière perversité d'esprit que de vouloir gommer, par mépris de la facilité ou par crainte du qu'en dira-t-on, les reliefs de leurs traits.

Que l'on s'imagine donc un visage en forme de demi-lune couleur de vieil ivoire, entouré de cheveux de jais, traités en nattes, de grands yeux noirs, légèrement saillants, étirés vers l'arrière, extrêmement mobiles, un très petit nez, une bouche rouge arborant un éternel sourire ouvert sur des dents minuscules aux canines pointues, le tout posé sur un corps de petite taille, souple et nerveux. Telle était la nouvelle employée de maison d'Aristide Poiret.

Yi-yi disposa de la chambre du fond, qu'elle aménagea à sa manière dans le style assez particulier des hauts plateaux birmans. Elle refusa obstinément de coucher dans un lit et s'installa sur une natte ; puis elle disposa autour d'elle, sur des baguettes de bois suspendues au plafond à la manière de trapèzes, toutes sortes de vêtements et d'objets mystérieux contenus dans une multitude de sacs multicolores. Au centre de la chambre, fut dressée l'espèce de réchaud à bois sur lequel continuellement chauffaient des préparations aux senteurs exotiques.

Sitôt installée, la jeune femme – qui devait avoir, selon les dires d'un Chenillard en verve, entre 17 et 37 ans, manifesta une énergie intense. Elle passait d'une chose à l'autre sans jamais s'arrêter ni se départir de son radieux sourire. Dès que le professeur rentrait, elle redoublait de prévenances.

Plofeseû la Listid i veûl li' pïou, pîou*?
(Le professeur Aristide prendra-t-il de la soupe ?)
Plofeseû la Listid i veûl la vi lé siv' ?
(Le professeur Aristide désire-t-il que je lave le linge ?)
Plofeseû la Listid i veûl la vi l'helb' ?
(Le professeur Aristide veut-il que je m'occupe de « l'herbe » ?)

A ces mots, Alexandre, l'arbuste, manifestait toujours une intense émotion qu'il traduisait par une suite de longs frémissements. D'abord terriblement jaloux, il avait fini par accepter avec bonheur la présence de la jeune femme. Il n'aimait rien tant que les soins qu'elle lui prodiguait fréquemment, l'époussetant, puis lui lavant doucement les feuilles à l'eau tiède, avec une extrême délicatesse.

De la même façon, quelques jours à peine après son arrivée, Yi-Yi s'était retrouvée dans le lit d'Aristide. Elle s'y était glissée, le sourire aux lèvres, comme s'il s'était agi de la chose la plus naturelle du monde.

Il ne nous appartient pas de juger l'attitude du professeur en cet instant précis. Pour des raisons qui ne regardent que sa conscience, il avait cédé, sans grande résistance.

Yi-Yi montrait aux choses de l'amour le même allant qu'elle mettait à tous les travaux domestiques. Non seulement elle était inépuisable, mais elle manifestait des dons époustouflants. Bien plus novice en la matière, Aristide Poiret découvrait aux transports amoureux des variantes insoupçonnées ; les formes souples de la jeune femme réalisaient de vrais prodiges que l'esprit rationnel du professeur n'eût jamais soupçonnés.

Désormais il plongeait chaque nuit dans les épais mystères de la jungle birmane, dans le secret des grandes lianes, dans les étangs couverts de nénuphars, dans des gouffres suintant de lourds parfums musqués.

Cela le fatigua. Il pédalait plus mollement, juché sur son vélo rouge, lorsque, le matin, il gagnait son travail. Sa barbe drue commençait à pointer, grisâtre, sous ses joues devenue hâves. A maints signes insignifiants, l'on devinait chez lui plus de lenteur d'esprit. Il prenait à porter son lourd cartable noir un petit air penché que personne ne lui connaissait jusqu'alors.

Un soir, il s'ouvrit à Yi-Yi du désir qu'elle freinât, momentanément, ses ardeurs. Elle le crut malade, et, pour apaiser ses tourments, passa la nuit à lui chanter des mélopées de son pays natal, avec un grand sourire triste.

Au laboratoire, de nombreux signes l'alarmèrent ; il lui semblait percevoir sur le visage de ses collègues, singulièrement sur ceux des membres de l'équipe de paléontologie animale, un petit sourire entendu tandis qu'il s'approchait ; il surprit même, entre eux, quelques regards de connivence goguenarde. Chenillard en personne lui manifestait un intérêt nouveau. Il y avait dans ses poignées de main, d'ordinaire un peu rêches, une familiarité inhabituelle, de même que ses « *Comment allons-nous aujourd'hui, mon cher Aristide* » revêtaient un je ne sais quoi de suspecte complicité et de condescendance.

Un jour qu'il passait à proximité des vastes entrepôts dans lesquels on reconstituait les grands squelettes dinosauriens rapportés du Triangle d'Or, qui s'alignaient en files impressionnantes, prêts à être vendus à différents musées, le professeur Poiret crut entendre que l'on prononçait au milieu des rires :

« *Il en fait une de ces têtes, je crois bien que la Poire est cuite !* »

« *Elle est confite et même déconfite !* » renchérit en riant un autre homme qui portait la tenue de travail, décorée d'un petit dinosaure vert, assez ridicule, qu'arboraient désormais tous les membres du D.P.A, le Département de Paléontologie Animale.

La *Poire* ! Ce mot pénétra en lui comme un coup de poignard. Voilà donc ce qu'était devenu Aristide Poiret, le plus grand paléontologiste, peut-être, après l'immense Khär. La *Poire* ! Oh mon Dieu ! Il rentra la tête dans ses vastes épaules et, rempli de dépit et de honte, quitta les lieux.

Rue Lacépède, l'inépuisable Yi-Yi étendait son emprise à la manière d'une araignée tissant sa toile. La méthode de rangement dite *sustentatoire* gagnait progressivement du terrain : le hall d'entrée, le salon, le bureau ! Aristide trouva un jour les feuillets d'un article qu'il rédigeait proprement étendus comme du linge, tandis que les livres de la bibliothèque avaient été rangés, par couleurs, dans de grands sacs de jute. La cuisine regorgeait de substances indéfinissables suspendues au plafond à la manière d'une forêt de stalactites.

Du poêle à bois, sans cesse allumé dans la chambre du fond, émanait une odeur puissante qui imprégnait toute la maisonnée.

Yi-Yi avait en outre conservé intactes les pratiques chamaniques de ses lointains ancêtres ; à plusieurs reprises, Aristide avait remarqué au pied du grand microscope, la présence de petits grains de riz mélangés à une substance noirâtre. Un autre jour, il avait découvert avec stupeur une mouche, *Musca domestica,* crucifiée dans l'orbite de son squelette, et sous son lit une petite figurine de tissu portant un cartable noir et dotée d'un phallus gigantesque. Il avait enfin, en ouvrant un dossier devant le professeur Mangin, eut la surprise d'en extraire une salamandre séchée, parfaitement aplatie et les lèvres cousues !

Pourtant, ce qui restait le plus étrange dans cette affaire, demeurait la transformation progressive du professeur lui-même ; jour après jour, son miroir lui renvoyait l'image d'un Aristide dont le teint jaunissait à vue d'œil, tandis que ses yeux s'étiraient vers l'arrière. Jamais ses pommettes n'avaient autant sailli, et les muscles de son corps semblaient se rétracter lentement pour devenir noueux. Son esprit aussi se métamorphosait, il se trouvait enclin à plus d'acceptation, se retranchant dans un bienheureux fatalisme.

Il fallut, pour le tirer de sa torpeur, que se produisît un autre événement.

En effet, alors qu'un soir il rentrait, harassé, du musée, Aristide se crut sujet aux hallucinations. Sur le seuil, se dressaient face à lui, avec une ressemblance parfaite, deux Yi-Yi qui souriaient en chœur !

Plofeseû la Listid, Li moutri ma sûl Yu-yu !

(Permettez-moi cher professeur de vous présenter ma sœur, Yu-Yu)

    Voici donc ce qu'avait fait Yi-Yi de ses maigres appointements.
    Pendant quelque temps encore, la vie se poursuivit à trois ; Yu-Yu secondant sa sœur en toutes choses, y compris ses prérogatives nocturnes, plongeant le Professeur Poiret dans un océan de fatigue. Puis un beau jour, attirées par de nouvelles aventures, les deux jeunes femmes s'engagèrent dans une troupe et se produisirent dans un spectacle de sœurs siamoises qui rencontra un vif succès. Le professeur Poiret, qui portait à la jeune femme une affection sincère, ne put s'empêcher de verser une larme, mais se sentit aussi délivré d'un grand poids.
    Alexandre fut pris d'une crise aiguë de chlorose qu'il surmonta avec courage.

    Conchita Martinez, une prude ibérique, fort peu loquace mais terriblement efficace dans le soin ménager, remplaça désormais l'étonnante Yi-Yi.

* * *

L'os du Toufoulkanthrope

Chapitre 5

Que l'on nous pardonne ces quelques digressions exotiques, et revenons rue Lacépède.

Nous avions laissé Aristide Poiret penché sur la boîte verte contenant la petite culotte, en proie aux souvenirs de nature érotique que sa découverte avait suscités la veille, tandis que s'étaient éveillés en lui des aspects jusque là cachés d'une libido longtemps refoulée. Un peu moins honteux depuis cette révélation, il ne pouvait détacher son regard de l'objet qu'il observait désormais *sous toutes ses coutures* avec un bonheur évident. Une étude attentive de l'intérêt que portent certaines personnes aux dessous féminins montrerait sans doute que le plaisir ressenti trouve son origine dans le manque de contenu. L'amateur de petite culotte est avant tout un amoureux du vide. En quelque sorte il jouit de l'absence.

> *« Je suis la petite culotte*
> *Que tard le soir ta voisine ôte*
> *Je suis hier soir tombée des nues*
> *Du haut de son mont de Vénus. »*

Plus de doute, il émanait bien de l'objet un lyrisme tout plein de sensualité. Aristide se sentit succomber. Il éprouvait comme un raidissement des chairs qu'accompagnait un amollissement psychique. A temps il sut se ressaisir.

En effet, l'allocution qu'il devait prononcer, le lendemain, à l'occasion de la présentation de l'os du Toufoulkanthrope à la presse et aux autorités scientifiques, était loin d'être prête. Il rangea avec précaution la petite culotte et se mit au travail.

Aristide n'aimait pas s'exprimer en public, préférant *le terrain* aux *idées*.

De plus, la réserve naturelle dont il avait hérité d'une longue lignée de Protestants austères, le faisait s'écarter des manifestations mondaines. Cependant, cette fois, l'importance de sa découverte l'obligeait à se faire violence. En cette occasion, tout à fait unique, il se devait même de prononcer quelques paroles mémorables qui fussent dignes d'être consignées pour la postérité. Il avait choisi de bâtir son discours sur deux thèmes fondamentaux qui selon lui fournissaient une juste approche de l'art paléontologique. Dans le premier, il montrerait l'immense effort collectif accompli dans l'obscurité par ceux qu'il n'hésitait pas à qualifier de *pionniers de l'humanité en marche vers ses origines*; dans le second, il aborderait, sans trop d'ostentation, les aspects subjectifs par lesquels, seuls parmi la multitude, quelques élus possédant une foi suffisante en une science rédemptrice pouvaient se trouver appelés à mettre au jour *les prémisses enfouis de leur propre quête*.

La plume d'Aristide crissait, dehors le vent soufflait.

En cet instant, il avait oublié la petite culotte.

Satisfait d'avoir si vite terminé une tâche qui lui pesait, Aristide se prépara méticuleusement deux œufs sur le plat à la tomate, avec un peu de vinaigre. Il ajouta quelques feuilles de salade savamment assaisonnées et accompagna le tout d'un verre de Bandol rouge, cuvée Les Cigales, et d'un picodon fait à point.

Une rude journée l'attendait. Il alla se coucher.

* * *

Chapitre 6

Un étage au-dessus, pratiquement à la même heure, Ludivine Beaufort se mit au lit après un repas léger, également sujette aux vagabondages de l'esprit et de l'âme.

Le bruit du vent, qui s'était remis à souffler en rafales, donnait à ce moment d'abandon mérité une touche véritablement romanesque. Elle se montrait, en cet instant, confortablement lovée dans la chaleur de ses draps, s'étirant voluptueusement dans la tiède étendue de sa couche.

Dehors, les nuages poussés par le vent, projetaient dans la pièce dont les volets étaient ouverts, des ombres fugitives. La clarté des lampes, savamment disposées, nimbait la scène d'une lumière riche et diffuse, faisant ressortir avec un sobre éclat les éléments du mobilier.

Ludivine, d'un geste las, se saisit d'un livre sur la table de nuit.

Tournée sur le côté, elle remplissait l'espace d'étoffe tissée recouvrant le lit des courbes mûres et pleines de son corps. Tout près, dans le golfe formé par le creux de ses reins, Fidji, la petite chatte, dormait déjà.

Elle, ne dormait pas.

« Par bonheur les nombreux décès facilitent les choses. »

Ce matin-même elle avait dit : *« Par bonheur les nombreux décès facilitent les choses »* ! Tout bonnement devant Robert Darmon, l'austère représentant du Consistoire Juif pour les Affaires Culturelles. Oh bien sûr, elle avait tout de suite voulu rattraper son *énorme bourde*, ajoutant qu'en disant cela, elle n'avait envisagé les problèmes que d'un point de vue strictement technique. Le recouvrement des œuvres d'art spoliées, pendant l'Occupation, se trouvant en quelque sorte simplifié par le nombre limité d'ayant droit...

« De sorte que si tout ce monde ressuscitait, vous seriez ennuyée ! »

Elle n'avait su que répondre et s'était excusée.

Il avait dit :

« Oublions cela, je compte sur vous pour prendre soin des survivants. »

Robert Darmon aimait la taquiner mais c'était un homme charmant.

Cela faisait de nombreuses années que Ludivine Beaufort travaillait au Ministère, plus précisément au bureau N° 1145 du contentieux pour le recouvrement des objets d'art spoliés dont, désormais, elle assurait la direction. Elle y était entrée autant par goût des *belles choses* que par désir de justice. Un solide bagage juridique, de même qu'une parfaite connaissance des choses de l'art, héritée d'une mère antiquaire, l'aidaient tout naturellement à bien remplir son rôle.

Le seul élément, qu'en sa générosité et son idéalisme, elle avait un peu oublié touchait aux aspects *politiques*. Très rapidement, Monsieur Carré-Lamanon, directeur de cabinet du Ministre de la Culture, qui descendait en droite ligne d'un personnage de Guy de Maupassant, avait été très clair. Personne dans le service ne devait ignorer que, *si la totalité des biens prétendus spoliés devait être restituée à leurs propriétaires, il ne resterait guère dans les musées français que quelques œuvres indignes de figurer comme lots de consolation dans une vente de charité* - c'étaient là ses propos. C'est pourquoi il était *rappelé avec force* qu'au risque que ce fût *la Nation elle-même qui, à son tour, se vît dépouillée par les artifices infâmes d'organisations douteuses*, il convenait de pratiquer, avec une *extrême vigilance*, un *contrôle de chaque instant* sur les *supposées revendications* de ceux qui trouveraient *un intérêt* à voir décliner le rôle culturel et politique de *notre pays*.

Concrètement, cela se traduisait par une multiplication proprement miraculeuse de démarches administratives. Ludivine se trouvait quelque part dans ce parcours d'obstacles.

Peu après le départ de Robert Darmon, Anne- Sophie, la secrétaire, avait annoncé l'arrivée de Monsieur Abodium Mondaywee, représentant de la O.R.G.L.A.V.B.C : Organisation de la Région des Grands Lacs Africains pour la Valorisation des Biens Culturels Nationaux près la C.E.E.R.B.S.P.C : Commission Européenne d'Étude pour le Recouvrement des Biens Spoliés de la Période Post Coloniale. Lorsqu'il avait pénétré dans le bureau de Ludivine, Monsieur Abodium Mondaywee n'avait pas manqué de produire un effet saisissant. Mesurant plus de deux mètres, impeccablement vêtu d'un costume trois pièces de laine peignée gris souris à rayures bistres et d'une cravate en peau d'oryctérope presque noire, il avait fière allure. Son visage fin et luisant, parfaitement dessiné, avait une incontestable distinction naturelle ; tout en lui respirait la finesse: les yeux qu'on eût dit espiègles, le sourire franc et charmeur, les gestes justes, spontanés et pleins d'élégance. Il salua Ludivine avec civilité et, dès que celle-ci l'en eut prié, s'assit en face d'elle sur le fauteuil soudain devenu minuscule.

Sûr de lui-même, et de la justesse de ses revendications, Monsieur Mondaywee ouvrit une mallette assez volumineuse de cuir fauve pour en extraire un gros dossier à couverture beige qu'il déposa, avec un effort feint, sur le bureau de Ludivine. Celle-ci, au passage, remarqua les immenses mains fines, méticuleusement entretenues, qui prenaient au voisinage des ongles une jolie teinte rosée. Un court instant, elle imagina sa propre main dans celle du représentant de l'Organisation de la Région des Grands Lacs Africains pour la Valorisation des Biens Culturels Nationaux, puis s'empara avec une détermination toute professionnelle du lourd dossier. Elle en examina le contenu d'un œil expert avec la *scrupuleuse attention* nécessaire : tout paraissait en règle.

- Demande écrite manuscrite en six exemplaires d'application du recouvrement, au titre de la TVA, des sommes découlant d'une éventuelle cession de la part du demandeur des pièces prétendument spoliées à des tiers non institutionnels pendant une période de dix ans suivant la restitution.
- Déclaration sur l'honneur, visée par le Ministère des Affaires Étrangères français, certifiant l'appartenance des représentants désignés par les organismes d'Etats étrangers à la communauté nationale de leurs pays respectifs, ainsi que leur bonne moralité.
- Attestation de non recours à des organismes ne possédant pas de certifications auprès des instances internationales représentatives de la Commission Mondiale de Régularisation des Flux Commerciaux à Caractère Artistique, ou réputés hostiles aux intérêts de la Nation Française (voir appendice 4 alinéa 2) pour le recouvrement desdits objets et autres biens à caractère culturel. (…)

Ludivine marqua une pause. Elle sentait le regard d'Abodium Mondaywee peser sur elle. Les mains négligemment croisées sur le pli permanenté de son pantalon de laine, ce dernier l'observait avec un intérêt certain, la tête nonchalamment penchée.
Elle ajouta, non sans coquetterie, d'un ton où perçaient tout aussi bien la gêne qu'elle éprouvait à faire étalage des multiples dispositions de la procédure, que celle

qu'occasionnait l'intérêt de Monsieur Mondaywee pour son humble personne:

« Tout cela me semble parfait, Monsieur. Mais il me faut continuer. »

« Je vous en pRie, Mademoiselle, veuillez pouRsuivRe votre tRavail… »

Il avait une voix grave et chaude.

Ludivine se pencha sur un feuillet de couleur bleue :

Descriptif des œuvres réclamées au titre de la procédure de restitution N° 5874AR236 :

Masque Kulewei (XIX° siècle)
Grand Esprit Barbu créant le monde.
*Bois, os, cuivre .*70cm. Collection particulière (Dijon)

Figurine Yabubë (XVII° siècle)
Femme allaitant un enfant.
*Pierre dure.*17cm. Musée d'Art Primal (Paris)

Statuette Bubuka (II° siècle)
Grand Guerrier écartant les bras
Bois et bronze. 62cm. Musée d'Art Primal (Paris)

Bouclier Diweré (vers 1850)
Décoré d'une Vierge fécondée par l'Esprit Barbu. *Bois, ivoire* 120x45cm. Collection particulière (Saint-Tropez)

Vase funéraire Bong (VIII° siècle)
Frise de trois rois marchant dans la savane. *Terre cuite.* 24cm. Musée d'Art Africain (Avignon)

Tambour Bong (I°siècle)
Au motif de zèbre et de buffle soufflant sur un enfant.

L'os du Toufoulkanthrope

Bois, écorce. 90cm. Musée d'Art Primal (Paris)

Porte de case Nobu (*1887*)
Représentant 12 guerriers mangeant le corps d'un treizième.
Okoumé. 395x121cm. Musée d'Art Primal (Paris)

Que de mystères et de superstitions ! A part elle, Ludivine ne put s'empêcher de penser que les ancêtres du si distingué Monsieur Mondaywee avaient de bien étranges traditions tribales.

Elle poursuivit encore quelques minutes l'étude du dossier, se sentant heureuse d'y trouver toutes les pièces demandées, bien qu'elle sût fort bien que le chemin du *Grand Esprit Barbu* vers la terre qui l'avait vu naître serait encore long et semé d'embûches.

« Il ne manque aucun document, Monsieur,. Le dossier sera contrôlé par le bureau de ratification dans un délai d'un à six mois. Nous vous ferons parvenir un courrier pour émargement. »

Cette remarque stoppa net Abodium Mondaywee dans une tentative de déglutition silencieuse.

« Je vous demande paRdon, ; le buReau de Ratification ? »

« Simple contrôle de routine, le bureau 2654, dit de ratification, vérifie si les opérations de transfert des objets supposés spoliés n'ont pas fait l'objet d'une classification de type *secret d'état* ou *secret défense*. »

« Cette classification pouRRait-elle dissimuler des opéRations délictueuses liées à la coRRuption de ceRtains oRganismes d'état afRicains paR exemple ? » demanda Monsieur Mondaywee que gagnait une soudaine perplexité.

« La volonté de notre gouvernement est de ne point s'immiscer dans les affaires intérieures des autres nations, » récita Ludivine avec un certain embarras. (Il fallait selon Carré-Lamanon mettre *les donneurs de leçons face à leurs contradictions.*)

Monsieur Mondaywee leva bien haut les bras, presque jusqu'au plafond.

« Dans mon pays, même le pRix du pain est un secRet d'état ! » Il avait dit cela d'une manière pleine d'esprit qui fit sourire son interlocutrice.

«Par bonheur nous ne sommes pas boulangers ! » hasarda-t-elle timidement, mesurant combien peu d'à-propos contenait sa dernière remarque.

« Ce que je vois, c'est qu'il Reste encoRe beaucoup de gRain à moudRe ! » ponctua avec une fausse tristesse l'homme des grands lacs, s'affaissant ostensiblement sur le petit fauteuil.

Elle cherchait à répondre...

« AccepteRiez-vous de dîneR avec moi ? »

Ludivine se sentit devenir écarlate. S'était-elle méprise sur le sens des paroles qu'elle venait d'entendre ? Il eût été de mauvais goût qu'elle les fît répéter. Cette demande la flattait... Il y avait si longtemps qu'un homme ne lui avait... Oh mon Dieu ! Il fallait répondre...

«Ce serait avec grand plaisir si ce n'est... »

«Si ce n'est ? »

« Si ce n'est... »

Désespérément, elle cherchait un prétexte.

« Si ce nez avait été moins gRRand... déclara en riant Monsieur Mondaywee, ne reculant aucunement devant le pire calembour. Que diRRiez vous de... demain soiR ? »

« Soit, j'y consens, » parodia Ludivine, portant la main à son front, plus morte que vive.

Ils riaient maintenant avec complicité.

Après qu'il fut convenu et du lieu et de l'heure, Abodium Mondaywee prit congé.

En fin d'après-midi, afin de prendre un peu d'air frais, Ludivine Beaufort avait erré de boutique en boutique, sans rien voir de ce qu'elles contenaient. Sa vie, lui semblait-il, prenait un cours nouveau.

Ce soir-là, elle ne put trouver le sommeil. Tous les événements de la journée passaient et repassaient dans son esprit. Le vent soufflait maintenant en rafales violentes. Ici ou là, depuis les rues voisines, résonnait le fracas de tuiles arrachées, s'écrasant sur le sol. Elle porta ses pensées vers l'arbuste d'Aristide Poiret. Que s'était-il passé, la veille au soir, alors qu'elle étendait son linge sur le balcon de la cuisine ? Etait-ce bien le vent qui avait poussé l'une de ses petites culottes dans le vide ? Le vent fripon… Ou bien elle, Ludivine Beaufort, qui l'avait aidée dans sa tâche ? Ou peut-être les deux. Le visage grave de son voisin lui revenait à la mémoire. Aristide Poiret, le professeur Poiret, qu'elle croisait montant les escaliers d'un pas égal, l'air soucieux et le sourcil froncé. Un bel homme, courtois, qui ne manquait jamais de saluer avec une politesse distante et désuète. « Je vous souhaite le bonjour, Mademoiselle. ». il était toujours très *mal fagoté*, comme engoncé dans des costumes d'un autre âge. Si seulement il avait eu quelqu'un pour s'occuper de lui. Sans qu'elle eût su s'en expliquer la cause, Ludivine sentait chez son voisin l'homme de cœur et de parole. Elle supputait en lui l'absence de cet orgueil proprement masculin qu'elle détestait tant… Mais maintenant ? Il y avait ce Monsieur Mondaywee, d'un charme si parfait, qui l'avait invitée…

Elle sauta du lit, glissa les pieds dans de petites mules, et alla au salon. Sur la table basse, devant le canapé, elle saisit la lettre qu'elle avait trouvée le matin dans sa boîte :

Chère voisine
Nous devons au caprice du temps la brise des jours derniers...

Elle lut et relut, s'attardant chaque fois sur les mots *« vêtement de petite taille »* et *« quelque élément de votre garde-robe»* avec un mélange d'excitation et de pitié.

Tout bas elle murmura avec contentement :

« Ah les hommes ! »

Et puis, n'en pouvant plus, elle se coucha et s'endormit.

*   *
*

L'os du Toufoulkanthrope

Chapitre 7

Comme on s'en doute, le professeur Poiret se leva de bonne heure, le lendemain matin, tout au discours qu'il allait prononcer. Il mit pour l'occasion ses plus beaux vêtements : un costume de couleur vert sapin et une cravate grise en fibres végétales achetés depuis peu. En matière vestimentaire, les achats et les essayages étaient pour Aristide une véritable corvée. L'expression de ses goûts se manifestait de manière si aboulique qu'elle laissait toute latitude pour qu'il héritât toujours de modèles, incontestablement originaux, mais exhumés des plus obscures profondeurs boutiquières.

Il déjeuna copieusement, rassembla les notes qu'il avait prises, et sortit de l'appartement.

>   Do do ré mi do do
>   Au clair de la lune…..

Aristide allait appeler l'ascenseur lorsqu'il entendit cet air bien connu.

Il reconnut aussi la voix de Ludivine :

« Certes, Madame Belhadj… »

En un instant, il comprit la situation. Dans le hall, en bas, Madame Belhadj, qui tenait lieu de concierge, parlait avec Ludivine Beaufort, sa voisine. Contrarié par le risque qu'il encourait de perdre un temps précieux, il battit en retraite.

Aïcha Belhadj, que les habitants de l'immeuble avait surnommée la « Walkyrie des escaliers », avait la fâcheuse habitude de s'épancher à la moindre salutation, tandis qu'elle bloquait les issues à coups de balai stratégiques ou de serpillières humides. Il ne restait alors qu'à supporter de longues litanies d'affections diverses et de médications complexes, le destin ayant voulu, qu'elle et sa nombreuse famille, souffrissent de maux propres à décourager tout le corps médical.

Do do do ré mi ré do mi ré ré…
Au clair de la lune…..
« Comme le Soburton ne marchait pas, on est passé au Prostynox… »
Le petit dernier des Belhadj, ayant simultanément contracté la rougeole et la jaunisse, s'était couvert de pustules orangées.

Pour rien au monde, ce jour-là, Aristide n'aurait souhaité un entretien avec *la Walkyrie*, quand bien même il était, d'ordinaire, en sa qualité d'homme de science, l'un des seuls de l'immeuble à lui prêter l'oreille.

En vérité, le gênait beaucoup plus l'idée de croiser sa voisine, on devine pourquoi.

Il amorça, sur la pointe des pieds, une descente pédestre jugée plus prudente. Palier après palier, il progressa, tel un Sioux, jusqu'au premier étage. A travers l'ellipse que formait la rampe, il put voir les deux femmes en pleine discussion. Le sang afflua à ses tempes lorsqu'il aperçut Ludivine. Cette vue cavalière semblait la magnifier, offrant des perspectives originales sur son décolleté. Le professeur serra les dents.

Do do do ré mi ré do do ré mi do….
Au clair de la lune…..
« La Proglostérine me donnait des douleurs…. »

L'os du Toufoulkanthrope

Il existait, au rez-de-chaussée, une vaste jardinière remplie d'immenses plantes vertes, assez hautes pour dissimuler une personne adulte. De là, on pouvait, sans être vu, gagner la cour intérieure de l'immeuble... Aussi transparent que possible, Aristide entama, cœur battant, la dernière volée de marches.

Depuis quelques temps Madame Belhadj souffrait d'une nouvelle maladie, assez originale. Sans que personne n'en eût compris réellement la cause, ses articulations craquaient, chacune à sa manière, avec une tonalité particulière. Après quelques exercices, en se contorsionnant, elle était même parvenue à interpréter de petits airs faciles ...
Do do do ré mi ré do mi ré ré do...
Au clair de la lune.....
« La Surbotiorine rend les notes un peu plus graves, vous ne trouvez pas ?... »

Aristide profita de la démonstration pour se mettre à couvert derrière les hauts parmanentias et se faufila dans la cour. Son vélo l'attendait, il s'y hissa, guettant le moment propice.

Quelques secondes plus tard, les deux femmes crurent entendre une espèce de sifflement accompagné d'un grand mouvement d'air. Une silhouette aérienne en forme de professeur Poiret, penchée sur l'encolure d'une monture rouge, venait, tel un éclair, de traverser le hall... Pourtant, aucune d'elles n'osa le moindre commentaire, tant cette apparition paraissait incongrue.

D'un bond Aristide avait sauté les quatre marches du palier et s'était retrouvé dans la rue.
Il pleuvait.

Rue de Jussieu il trouva à nouveau des manifestants qui scandaient à l'adresse d'un ministre de l'Education alors en exercice :

> Pachydermator... Dehors !
> Pachydermator... Dehors !
> Pachydermator... Dehors !

Parmi eux, il reconnut l'homme à tête de mammouth qu'il avait déjà aperçu la veille. Ses défenses, maladroitement imitées, pointant vers le sol, le faisait ressembler davantage à un déinotherium (ou dinotherium) du Paléogène qu'à un véritable mammouth. Aristide fut tenté de le faire observer, mais il était pressé. Les manifestants occupaient toute la largeur de la rue. Il actionna timidement son timbre.

On se figure l'effet que le tintement grêle d'une sonnette de bicyclette peut produire sur des masses compactes, portées momentanément à la plus totale anarchie. Quelques personnes le regardèrent, comme étonnées qu'une forme de vie organisée pût encore exister autour d'elles.

Le poing dressé, au cri de :

> Pachydermator... Dehors !»
> Pachydermator... Dehors !,

Aristide se fraya un passage jusqu'à la rue Cuvier.

Lorsqu'il se gara près de la Grande Halle, il était trempé jusqu'aux os. Son costume avait l'air d'un chiffon et les fibres de sa cravate s'étaient relâchées avec l'humidité. Un peu plus loin, près du pavillon de minéralogie, quelques véhicules arborant les insignes de Radio Francilienne 2 étaient garés au milieu d'écheveaux de câbles emmêlés. Sans plus attendre, il s'engagea dans le couloir qui conduisait au Centre de Conférence, situé au sous-sol.

* * *

L'os du Toufoulkanthrope

Chapitre 8

Alors qu'il arpentait à grandes enjambées le long couloir conduisant au Complexe de Communication *Multimédiatique* du Muséum, Aristide entendit des bruits de voix venant de la Salle de Conférence. Il remarqua aussi, que sur les murs, de nouvelles vitrines habilement disposées offraient au public de nombreuses reproductions de dinosaures, sans intérêt notable pour le scientifique, mais propres à frapper l'imagination des foules.

La surprise fut grande lorsqu'il atteignit la porte d'entrée. La vaste salle était pleine ! Sur une estrade en forme de carène, un pupitre garni de nombreux micros avait été dressé. Quelques mètres en avant, juché sur un piédestal de plastique blanc imitant le marbre, dans une boîte de verre fumé, se trouvait l'os du Toufoulkanthrope, ou plus précisément sa reproduction, car Aristide ne pouvait se résoudre à se séparer du précieux objet depuis qu'il l'avait découvert. Certains de ses collèges prétendaient même que, si l'on voulait s'en approcher de près, ses courts cheveux se hérissaient, tandis qu'involontairement, il retroussait les lèvres. Il lui venait aussi du fond de la gorge une forme de grognement peu perceptible, mais très dissuasif.

Sur l'estrade, face à la foule, la haute stature du Professeur Chenillard se dessinait avec une netteté parfaite sur fond de toile orangée piquetée de petits dinosaures verts. Un buste de Cuvier et quelques drapeaux complétaient le tableau.

« ... *Que soient encore remerciés Monsieur Moity, Secrétaire d'Etat à la Recherche Scientifique, Monsieur Podevin, Commissaire aux Affaires Culturelles, Madame Cor-*

bière, Déléguée à L'Organisation des Echanges Interdisciplinaires, Madame Murray, Responsable des Services Artistiques de l'Hôtel de Ville, Monsieur le Professeur Gilioli, membre honoraire de l'Académie, Son Excellence, Ahmed el Alaoui... »

Cela n'en finissait pas. Aristide, soudainement intimidé, n'osait franchir le seuil. Ses cheveux étaient dégoulinants, les bas du pantalon souillés de terre. La chaleur faisait maintenant se rétracter les fibres de sa cravate, enserrant son cou dans un carcan rugueux.

Au revers de son col, *la Chenille* arborait sa dernière médaille, la seule qu'il portât ce jour-là. La petite rosace orange, piquée sur le tissu, brillait d'un éclat singulier, à croire qu'il disposait sous son revers d'un dispositif électrique miniaturisé.

« Nous remercions aussi les nombreuses personnes venues ici, poussées par le désir de mieux comprendre, sur le chemin abrupt des découvertes paléontologiques, les relations que la communauté des hommes entretient avec ses origines en une forme de symbiose particulière, inhérente à sa nature profonde... »

Chenillard parcourait la salle des yeux, à la manière d'un jardinier contemplant fièrement ses dernières levées ; il était satisfait de constater combien la promesse d'une copieuse collation avait contribué à rendre la paléontologie populaire.

Au premier rang, sur sa droite, fleurissaient abondamment les *personnalités*. Outre les quelques *officiels* qu'il venait de citer, croissaient avec bonheur d'autres légumes imposantes : Monsieur Carré-Lamanon , patron de Câlinou , le géant de la nourriture pour chat, avec qui il devait s'entretenir par la suite. A ses côtés, sa troisième épouse, la toute jeune Samantha, une fort belle plante ! Quelle paire de nichons elle avait ! Carré-Lamanon ne devait pas s'ennuyer, le bougre. La jeune femme remportait un succès au moins égal à celui du Toufoulkanthrope.

Se trouvait là aussi, dans ce parterre, sa femme, née Solange Bouffier. Elle s'était empâtée : trop de sucreries. Et ses petits bérets ! Plus personne n'en portait aujourd'hui.

Henri-Jerôme, son rejeton, qui disait-on tenait beaucoup de lui, affichait avec morgue un ennui pesant. Tout autour, non moins las, végétaient divers représentants des sociétés qui fournissaient le Muséum.

« *...appliquer à la gestion des départements de recherche, dépendants de l'Etat, des méthodes plus souples de management, permettant ainsi de réaliser de substantielles économies budgétaires tout en apportant sur le plan technologique des innovations...* »

Poursuivons le tableau par souci d'équilibre :

Du côté gauche de l'orateur, en rangs serrés, les *professionnels*, vieux rouliers de l'art paléontologique : l'équipe au grand complet du Département de Paléontologie Animale dans des combinaisons oranges marquées du fameux dinosaure. Un peu plus clairsemée, celle du D.P.H guettant d'un air soucieux l'arrivée d'Aristide.

Figurait encore de ce côté-ci, l'immense figure tutélaire de Sir William Wortley dont le long visage flasque s'élevait bien au-dessus des autres. Depuis un certain temps, il tentait gauchement de régler son nouvel appareil acoustique. Ses doigts tremblotants, amputés des premières phalanges, étaient, prétendait-on, le tribut pathétique à d'innombrables excavations paléontologiques. Le vieil homme possédait à son actif quelques jolis squelettes.

On avait encore, à titre protocolaire et *décoratif*, invité quelques chefs africains dans leurs vêtements coutumiers, dont l'un, très grand, arborait un immense plumeau, ainsi qu'un groupe de *Rap Paléolithique*. Le reste de l'assistance comprenait quelques vrais passionnés, des journalistes, et beaucoup de curieux parmi lesquels un singulier personnage tenant sur ses genoux une énorme tête de mammouth lui cachant le visage, et, tout au fond, deux petite femmes exactement semblables qui n'arrêtaient pas de sourire en disant :

Plofeseû la Listid, Plofeseû la Listid

Justement, Chenillard se demandait ce qu'Aristide pouvait bien faire ; *La Poire* était, nul n'en doutait, un chercheur de haut vol, mais il n'avait, en aucune façon, le vrai *profil* d'un Chef. Il faudrait bien que l'on procède un jour à la *fusion* des différents services et que l'on trouve pour *chapeauter* le tout, un Patron véritable...

Il poursuivit imperturbable :

« ... *Les réformes engagées ces dernières années dans le domaine paléontologique sont en train de porter leur fruit. NOTRE récente découverte le prouve...* »

NOTRE récente découverte ! Le sang d'Aristide ne fit qu'un tour. L'ignoble Chenillard, l'abject, l'immonde Chenillard ! NOTRE découverte ! Il ne manquait que cela ! C'était LUI, Aristide, et LUI seul, qui avait exhumé le Toufoulkanthrope de son long sommeil. C'était LUI, et LUI seul, qui avait dû mendier de façon humiliante les misérables subventions qu'on avait bien voulu LUI accorder pour monter SON expédition ! C'était LUI qui avait dû, de SA propre poche, payer jusqu'aux pelles et aux pioches nécessaires aux travaux de recherche. IL avait couché sous la tente, IL avait affronté les nuées de moustiques, les bêtes sauvages et l'hostilité de tribus guerrières.

Tandis que L'AUTRE, *la Chenille*, buvait du champagne dans les bordels de Bangkok, attendant confortablement que pour quelques misérables dollars, des cohortes de coolies faméliques lui rapportassent du Triangle d'Or des tonnes d'ossements vulgaires !

Chenillard était à la recherche scientifique ce que le coucou est à la gent ailée, un affreux parasite !

Animé d'une détermination farouche Aristide Poiret s'engagea dans l'allée conduisant à l'estrade. Il offrait au public l'image vivante de la paléontologie archaïque, les pieds boueux, les poings serrés, les mâchoires proéminentes. Son visage congestionné par le resserrement du nœud de cravate avait la couleur pourpre des latérites du Toufoulkan.

Chenillard, l'apercevant, eut un moment de désarroi, mais se ressaisit aussitôt :

« *Permettez-moi maintenant de passer la parole à mon très éminent collègue, le Professeur Aristide Poiret, Directeur du Département de Paléontologie Humaine, qui ne manquera pas d'apporter une contribution déterminante à NOTRE réflexion.* »

En quelques pas athlétiques, Aristide atteignit l'estrade et se trouva derrière le pupitre. Il y eut de maigres applaudissements et quelques *flashes* photographiques ; puis, immédiatement, la vision proprement patriarcale de cet homme qui semblait issu des profondeurs même de l'histoire provoqua un silence minéral. Le Professeur Poiret mit la main à sa poche pour en extraire son discours mais il ne sentit sous ses doigts qu'une substance molle et gorgée d'eau. Il improvisa d'une voix rauque :

« *Mesdames, messieurs. Vous cacherai-je que de multiples sacrifices ont été nécessaires afin que soit extrait de la terre la simple mais néanmoins précieuse relique que vous regardez aujourd'hui. De longs mois d'un labeur ingrat, de longues années d'arides recherches, des décennies d'efforts accomplis par des générations de paléontologues, ont conduit à rendre à nos yeux présente cette incomparable, cette inestimable, cette unique* **petite culotte**... »

Pendant un instant les spectateurs se regardèrent, pleins d'incrédulité. Seule la jeune Samantha leva vers Aristide un regard soudain intéressé.

Le professeur Poiret se sentit aspiré dans un gouffre sans fond. Pêle-mêle défilaient à ses yeux toutes sortes d'images issues de son passé, les remises de diplômes qu'il avaient obtenus avec les félicitations, ses premières découvertes unanimement saluées, le doux visage de sa mère et les yeux verts, si doux, d'Eléonore, son premier amour. Et puis, jaillissant des ténèbres avec une acuité presque insoutenable et terriblement douloureuse, l'image du professeur Khär, son Maître. Il n'est pas de mots pour dire dans quel abîme de honte cette dernière pensée l'avait plongé. Comme un nageur qui manque d'air, Aristide rassembla ses dernières forces pour gagner la surface. Devant lui, il sentit à nouveau peser d'innombrables regards tandis qu'un certain brouhaha commençait à régner. *La chenille* dardait sur lui des yeux de serpent à sonnette, savourant son triomphe.

Il rassembla ses ultimes forces, lançant d'une voix ferme et blanche :

L'os du Toufoulkanthrope

*« ... cette **petite calotte**, cette **toute petite calotte osseuse** du sommet de l'os tibial, par laquelle ceux qui n'étaient encore que de primitifs quadrupèdes ont acquis le noble statut de bipèdes. Cette **petite calotte** qui se formant sur les malléoles osseuses des membres inférieurs allait ouvrir la voie à la plus extraordinaire aventure de la matière vivante : la marche ! Libérant ainsi l'éclair d'intelligence qu'elle contenait en elle....»*

Il y eut encore quelques rares applaudissements chargés de compassion, puis Aristide, à demi conscient, regarda Chenillard, fit quelques pas en arrière, et quitta la salle.

* * *

Chapitre 9

Dehors, l'air frais lui fouetta le visage. La pluie avait cessé, laissant des flaques, ici ou là, sur la terre ocre des allées. Les massifs du Jardins des Plantes, fraîchement arrosés, semblaient s'étirer d'aise. Aristide respirait avec peine, encore sous le coup d'une émotion intense. Il observait les choses sans les voir, comme si son esprit tourmenté faisait corps avec elles, en une espèce de perception brutale et primitive. Quelques mètres plus loin, des hommes en livrées noires sortaient d'une camionnette de grandes planches et des tréteaux :

> LE CANARD GOURMAND
> Traiteurs de Pères en Fils
> «Depuis la nuit des temps.»
> PARIS

On eût dit un ballet de pingouins patinant sur la glace, occupés à quelque étrange cérémonie. « *Ils vont au bal* » se disait Aristide sans la moindre surprise. Il aperçut encore l'homme au masque de pachyderme qui l'observait de loin, caché derrière un magnolia.

« Eh, Monsieur, les défenses, les défenses... » Mais le mammouth s'enfuit à toute jambes le long des serres tropicales. Il vit encore, se dirigeant vers la sortie à grandes enjambées, un guerrier africain portant un éventail.

Le professeur allait, sans but. Il n'était plus qu'une vaste coquille vide dans laquelle soufflait un vent glacé. Les poings serrés dans les poches de sa veste élargie, il courbait l'échine et fronçait les sourcils. S'il s'était, en cet instant, trouvé une âme pour le voir, elle eût gardé d'Aristide Poiret le souvenir d'une immense détresse, de celles qui fleurissent dans les jardins des vastes Capitales.

Une pensée, des profondeurs, le ramena à la réalité. Une pensée douce et tiède comme du cuir ancien, lisse et ronde comme du caoutchouc, ronronnant et vibrant doucement dans son être. Son automobile ! Sur le champ, il prit la décision de se rendre au Perreux.
« *Mais bien sûr, pas du tout, c'est toujours une joie, vous savez...* »
C'était la voix d'Arlette, quand il avait téléphoné, quelques instants plus tôt.

Au travers des vitres du RER, Aristide regardait défiler un morne paysage. De part et d'autre de la voie, les tristes excroissances de la grande Cité s'étalaient à perte de vue. Par bouffées, lui revenait avec un goût amer, le souvenir des épreuves subies. Chenillard ! Encore et toujours Chenillard ! Il fallait donc que des Chenillard existassent ! Il se prit à penser que, peut-être, dans ses desseins cachés, la Nature avait résolu que chaque créature eût à subir son propre Chenillard.
Fontenay-sous-Bois, Nogent-sur-Marne.
A mesure qu'il quittait Paris, Aristide oubliait ses soucis.
Sur le quai, il suivit la foule des voyageurs se dirigeant vers la gare routière. De gros bus verts, chuintants, se garaient tour à tour. Le 33 B conduisait au viaduc du Perreux. De là, par l'Avenue des Maréchaux, il rejoindrait à pied la maison des Pilon.

Cette seule pensée lui réchauffa le cœur. Mais jamais, par pudeur, il n'aurait avoué que son goût pour les vieilles automobiles n'était pas l'unique raison l'amenant en ces lieux... Gilbert Pilon, le garagiste, sa femme Arlette, Guillaume, Juliette, les deux enfants, bien qu'ils fussent de sacrés garnements, lui offraient l'incomparable don d'une amitié sincère.

En chemin, le Professeur perdit sa consistance, se dissolvant à mesure qu'il avançait, abandonnant des morceaux de lui-même devant les barrières de béton peintes en blanc, laissant un peu de son être dans chaque jardinet. Le professeur Poiret, tout simplement, devenait Aristide.

* * *

Chapitre 10

Il était un peu moins d'une heure de l'après-midi lorsque Raymond Larlane et Robert Pyridès pénétrèrent, par la porte cochère, dans un très vieil immeuble de la rue *du Puits de l'Ermite*. Le premier des deux hommes était assez grand, blond, voûté, vêtu d'un blouson de cuir beige. Le second, plus petit, brun et de teint olivâtre, habillé d'un vieil ensemble en *jean* portait une fine moustache. Tout dénotait, chez l'un comme chez l'autre, des conditions de vie précaires. A trois, ils eussent fait de bons Pieds Nickelés. Laissant à leur droite une première entrée, ils poursuivirent leur chemin jusqu'au fond d'une cour mal pavée, encombrée de vieux baraquements. Face à eux, se dressait la façade d'un autre bâtiment, plus vétuste que le premier.

Après avoir jeté des regards en arrière, ils s'engagèrent avec célérité dans un escalier malpropre et sombre, sentant la soupe froide.

Sur le seuil du troisième étage, ils frappèrent quelques coups brefs sur une porte munie d'une vieille plaque de cuivre :

Balthazar Nemrode
Livres anciens. Objets liturgiques
Achat. Vente.

La porte s'ouvrit sur un homme d'une cinquantaine d'années, tout en tronc, d'une largeur impressionnante, avec des cheveux gris bouclés, mal coiffés, et une barbe à l'identique dissimulant des traits épais, profondément marqués. Bien qu'il fût à l'intérieur, il portait un long pardessus noir, froissé et poussiéreux.

L'appartement revêtait l'aspect d'un vrai pandémonium. La pièce croulait sous un entassement invraisemblable de candélabres, de crucifix, de statues, de lampes, de médailles, de bannières, d'étoiles, de rouleaux, de mitres, de crosses... ne laissant qu'une place exiguë, en son centre, pour une petite table recouverte d'un tissu pourpre à franges dorées. Sur cette nappe, un crâne côtoyait un énorme livre à couverture de cuir damasquiné, d'un travail très soigné.

La voix de l'homme s'éleva, beaucoup plus suave qu'on eût pu croire :

« Entrez donc, mes amis, comment la *chose* s'est-elle passée ? »

« Comme y faut. Pas d'problem M'sieu. » Répondit le grand blond, d'un ton qu'il voulait assuré.

« Aucun témoin, j'espère ? » questionna l'homme au pardessus.

« Pas mêm' un p'tit chaton, heu, seulement... »

« Seulement quoi ? » reprit le maître des lieux d'une voix soudain devenue plus dure. « Quelque chose qui ne va pas ? »

« C'est pas ça, Msieu, juste on voulait vous dire qu'y avait aussi une aut' *cible* qu'était juste à côté. On savait plus trop laquelle que c'était, alors on s't'occupé des deux, quoi, on a pensé comm' ça... »

Le gros homme leva les bras avec soulagement.

« La volonté du ciel ! Mes enfants, Ses desseins sont impénétrables. Que sa main soit sur vous, mes frères, ici et dans l'au-delà... »

Les deux hommes échangèrent un regard entendu. Ce vieux dingue allait recommencer. Le plus petit sortit de sa poche une statuette argentée en forme de félin et la tendit à son hôte.

« Très bien, très très bien, jolie statuette, très jolie statuette... »

Balthazar Nemrode déposa l'objet sur la table, précautionneusement, tout près du crâne, puis il sortit de sa poche intérieure un épais portefeuille.

« Que Dieu vous protège, mes chers enfants, et qu'il vous bénisse. »

Il tendit à chacun des deux hommes quelques billets de cinq cents francs, et se dirigea vers la porte.

« A bientôt, à bientôt, l'Œuvre est encore longue, je vous ferai un signe. »

Raymond Larlane et Robert Pyridès reprirent l'escalier et dévalèrent les marches quatre à quatre.

* * *

Chapitre 11

Presque au même instant, tout en haut du jardin des plantes, la *garden party paléontologique* battait son plein. Une tente de toile blanche, frappée des armoiries périgourdines, « *au Canard gourmand* », avait été dressée, regorgeant de toutes sortes de bonnes choses. Une foule considérable s'était amassée alentour. Chenillard, rayonnant, empressé, volubile, déambulait, champagne en main, dans un costume bleu nuit, d'une coupe parfaite, adressant des bonjours et des poignées de mains. Il cambrait juste assez la taille, pour que chacun, le voyant, supputât l'homme heureux. Il l'était en effet. Le soleil même y allait de ses quelques rayons.

On avait fait les choses avec largesse. Rien ne manquait pour afficher à la face du monde l'exemplaire prospérité du D.P.A (Département de Paléontologie Animale) dont Chenillard était le chef. La récente acquisition par un musée taiwanais d'un squelette complet de corythosaurus y était pour beaucoup.

Dès qu'il le put, Chenillard rejoignit la table où se trouvaient sa femme et les gens qu'il avait invités : Monsieur Carré-Lamanon, le grand patron de Câlinou, et Madame, la jeune et plantureuse Samantha. Il devait leur présence aux bons soins d'un *médaillé* de ses nombreux amis.

On riait aux éclats.

« J'ignorais bien que le Toufoulkanthrope portât une calotte ! »

« Vous voulez dire une culotte, il veut sans doute imiter le zouave... »

Chenillard, audacieux, intervint :

« A votre santé, Monsieur le Commandeur ; à vous, Mesdames, à tous les porteurs de culottes et de couches culottes ! Remercions le ciel de nous être clément. »

« En effet, cher ami, les brumes matinales sont un peu dissipées, mais je crains que les pluies ne reviennent, Paris est un vrai pot de chambre ! » répondit Carré-Lamanon que la boisson émoustillait.

« Qu'elles nous laissent au moins le temps de discuter un peu avant qu'il ne pleuve comme *vache qui pisse* ! ajouta cavalièrement Chenillard, enhardi par le contentement. Garçon, voulez-vous apporter du champagne. »

« Je bois à votre réussite ; ce déjeuner est vraiment délicieux. » dit Samantha, levant son verre..

« Je me trouve extrêmement flatté de votre compliment, chère Madame. » répliqua Chenillard découvrant complaisamment l'alignement parfait de ses dents blanches. Puis, dans un souci de juste équilibre, il se tourna vers le mari :

« Permettez-moi cette curiosité : êtes-vous un parent du Carré-Lamanon, Secrétaire d'Etat ? »

« Hélas oui, c'est mon frère ! » acquiesça Lamanon vidant sa coupe avec une grimace.

« L'on dit, votre frère et vous, descendants d'un personnage de Guy de Maupassant ? » s'enquit à nouveau Chenillard.

« Cela est vrai, et nous en sommes fiers. Connaissez-vous *Boule de Suif* ?

« Assurément, rétorqua, avec une fausse assurance, le professeur dont les souvenirs littéraires remontaient au lycée, une fort belle histoire ! C'est donc par *atavisme littéraire* que vous figurez aujourd'hui dans le présent récit?

« Probablement, mon bel ami, le goût du sacrifice ! »

A quarante-sept ans, Chenillard se croyait arrivé à l'âge où l'homme doit prendre de l'ampleur. Le D.P.A qu'il dirigeait, de la manière que l'on sait, ne lui suffisait plus. Il

L'os du Toufoulkanthrope

pouvait certes raisonnablement espérer, compte tenu, entre autre, de la dernière *prestation* d'Aristide Poiret, que dans un avenir plus ou moins proche, une opportunité se présentât dans l'enceinte même du Muséum. Diriger un vaste service comprenant D.P.A et D.P.H, pouvait fournir un tremplin de choix vers la Direction Générale. Mais, là encore, les perspectives ne dépassaient guère les grilles du Quai Saint Bernard.

P endant ce temps les femmes discutaient :
« A propos, Madame Chenillard, savez-vous où l'on trouve de très jolies petites culottes ? »
« Je ne doute pas que vous me l'appreniez, ma chère Samantha.»

S'il n'avait pas, étant plus jeune, entretenu une relation assez sotte avec l'un de ses professeurs de Sciences Naturelles, Geoffey Chenillard n'en serait pas au même point. Pour lui, la paléontologie avait d'abord été affaire de jupon. Il eût pu par exemple s'occuper efficacement des affaires de celle qui allait devenir sa femme, Solange, née Boufier, dont le père possédait, à Chamfrémont dans la Sarthe, une importante conserverie de bœuf à la gelée : « *La Bovinette* ». Hélas, c'était le frère, Antoine, qui avait pris la succession, un homme sans caractère et qui buvait beaucoup. L'entreprise naguère prospère faisait pitié à voir.

C es pensées nostalgiques venaient à Geoffrey Chenillard, tout en débitant le discours qu'il avait mûrement préparé à l'intention de Carré-Lamanon :
«... voilà ce que peut-être, mon cher Monsieur, une entreprise telle que la vôtre, à la pointe d'une industrie alimentaire de plus en plus sujette aux errements d'associations de consommateurs, pourrait envisager pour rendre caduque toute tentative... »

L'os du Toufoulkanthrope

Juste après la guerre, sous l'influence des troupes américaines, le *bœuf à la gelée* avait connu une certaine vogue. Mais les jours fastes étaient bien loin. Les goûts avaient changé ; dernièrement, l'affaire dite *de la vache folle* avait porté à la gelée un véritable coup de grâce, figeant la profession. Seul une poignée de fidèles sarthois en achetait encore, le plus souvent pour donner à leurs chiens. Et cela irritait Chenillard plus qu'on ne peut le dire. Depuis presque deux décennies, les reliefs domestiques allant se raréfiant, le secteur *des petites boîtes* à l'usage des animaux *faisait* un argent fou. Et cela avec des morceaux de viande d'une qualité bien inférieure, encore, à celle dont usait la conserverie familiale ! Un véritable gâchis, pensait tristement Chenillard.

« On dit que les hommes les adorent avec de petites dentelles. »
« Ah, croyez-en ma longue expérience, ma Chère, c'est la couleur qui les attire.... »

De là était venue l'idée de proposer à Carré-Lamanon un échange équitable : Chenillard mettait dans la balance une expérience incomparable ; il apportait à *Câlinou* la caution scientifique qui lui faisait cruellement défaut, sous forme d'un **label** irréprochable figurant en toutes lettres sur les *petites boîtes* :

> *Produit testé et agréé par le laboratoire*
> *Geoffrey Chenillard.,*
> *Professeur de Paléontologie* **Animale**
> *Auprès du Muséum d'Histoire* **Naturelle.**

En échange de quoi, l'homme d'affaire acceptait d'intégrer, contre un certain nombre de parts du groupe *Câ-*

linou, la marque *La Bovinette* dans un *montage* industriel et financier, qu'il restait à élaborer.

Cette transaction paraissait à Geoffrey d'autant plus honnête que *le contrôle scientifique* des produits *Câlinou* pouvait, à l'occasion, se montrer délicat, voire calamiteux.

« Encore quelques toasts, Monsieur Carré-Lamanon, je les trouve épatants.»

Chenillard regarda le ciel, il était bleu et sans nuages.
Cela faisait deux ou trois fois qu'il surprenait les yeux de Samantha posés sur lui. *La Chenille* se savait séduisant, le bleu lui allait à merveille.

Hip Hop, Hip Hop,
C'est le rap du pithécanthrope.
Avec un silex il allum' ses clopes,
L'a pas peur que les keufs le chopent,
Hip Hop, Hip Hop
C'est le rap du pithécanthrope.

C'est vrai qu'on pouvait trouver le rap paléolithique moyen !

* * *

Chapitre 12

Aristide Poiret se retrouva avec plaisir devant le 123 de la rue des Bleuets. Le pavillon qu'occupaient les Pilon ne se distinguait guère de ceux qui l'entouraient. Assez vaste, il s'élevait sur deux étages. Un parement de pierres dites *meulières*, à jointures de ciment gris, recouvrait tout le rez-de-chaussée. Le reste de l'édifice, crépi de blanc, était troué de fenêtres assez larges, aux volets de métal. De la rue, on devinait à peine le vaste jardin qui s'étendait de l'autre côté. Au bout de ce jardin, face à la maison, se trouvait l'arrière du garage qui s'ouvrait sur une autre rue. Il y avait encore, entre la barrière donnant sur la rue des Bleuets et la façade, une étroite bande gazonnée où poussait un vieux cerisier.

Il sonna.

« Te voilà donc Aristide, entre donc... »

Il déposa sur les deux grosses joues bien mûres d'Arlette Pilon un baiser sonore qu'elle lui rendit de ses lèvres mouillées.

La porte d'entrée ouvrait sur un vaste hall, revêtu de bois sombre, envahi d'une riche odeur de grillade.

« Donne-moi donc ton ... »

Aristide ne portait que sa veste verte, distendue par la pluie, qui lui tombait jusqu'aux genoux.

« Tu vas bien Aristide ? » demanda Arlette avec un soupçon d'inquiétude.

« La recherche scientifique n'est pas toujours de tout repos. répondit-il, éludant la question. Et toi, comment vas-tu ? je suis bien content de te voir. »

« C'est pas du repos, non plus, les enfants, dit Arlette. Juliette et Guillaume passent leur temps à se chamailler. »

En effet, un objet en forme de boîtier à touches traversa la pièce, libérant deux petits cylindres dorés.

« Maman, Maman, cria Guillaume, Juliette a jeté la télécommande ! »

La télévision hurlait :

VOUS SEREZ CHASSES DE LA PLANETE WORIMUS ET VOUS ERREREZ DANS LE COSMOS POUR L'ETERNITE, AH, AH, AH ! SPLONG ! HUIIING ! !

« Alors mon grand t'arrives ? On va finir par bouffer en retard ! » De la cuisine, Gilbert hélait son compagnon.

« Elle a pas le droit de me piquer la télécommande !!! » hurla une voix enragée.

« C'est moi qui l'avais d'abord !!! » répondit une autre voix sur un ton de colère paroxysmique.

Arlette et Aristide se dirigèrent vers la cuisine.

« Je te salue après, Mec, vise un peu la camelote ! » s'exclama Gilbert.

Le spectacle était saisissant, en effet :

Vêtu d'un ample tablier, Gilbert, tel un Vulcain moderne, officiait aux fourneaux. Il était entouré de flammes et retournait avec une immense fourchette de gros morceaux de viande. Armé d'un large pinceau, qu'il trempait dans une épaisse sauce jaunâtre, il les badigeonnait de temps à autre comme s'il eût administré l'onction sacerdotale.

« Tout est dans la *pommade*, pontifia le grand prêtre : gros sel, huile d'olive, échalote : la sainte trinité ! »

« Ca m'a tout l'air d'être mangeable. » affirma Aristide, impressionné par le gigantesque *barbecue intérieur* que Gilbert avait tout récemment construit. Au demeurant, tout ce qui se trouvait dans la maison, et la maison elle-même, étaient dus à Gilbert. On relevait, ici ou là, les influences qui avaient jalonné son œuvre créatrice : rondins du Canada, fer forgé andalou, stucs d'orient, colonnades de Grèce, autant d'exotiques témoins de vacances lointaines.

« Salut Aristide ! Elle est drôle ta veste ! » déclara Guillaume, dépenaillé, qui venait du salon.

« Où est Juliette ? » lui demanda sa mère.

« Prisonnière de Beléphoor ! » dit Guillaume, énigmatique, le doigt pointé devant la bouche.

« Hiiii, Maman, maman, viens vite, Hiiii, Maman ! » entendit-on, au milieu des pleurs.

« Qu'est-ce qu'il se passe encore ? » demanda Arlette, courant vers le salon.

LE PIEGE DE BELEPHOOR S'EST REFERME SUR VOUS ! Ô NAVIGATEURS GALACTIQUES. KHUICHHHH ! ! !

« Éteignez la télé, bon Dieu ! Ca va être au poil dans cinq petites minutes, allez ! à table ! Comment tu vas Aristide ? Le tirage, le tirage, tu vois ya qu'ça d'vrai pour les ch'minées. T'as l'air un peu crevé, mon Gars, ton boulot ? A tabl', à tabl', là-dedans… Tiens tu prends la bouteille qu'est là… »

Sur le chemin de la salle à manger, les deux hommes croisèrent Juliette et sa mère. La fillette pleurait à chaudes larmes, les yeux bouffis.

Gilbert d'un ton bourru :

« Qu'est-ce qu'elle a, la p'tite, encore ? »

« Guillaume qui l'a attachée avec les fils du téléphone. » répondit la mère.

« Guillaume, tu vas voir tes fesses ! » menaça le père.

« Elle est à toi, snif, la veste ? » dit la fille.

Cette fois, Aristide se promit de retourner rue Poliveau, à l'enseigne *Elegantissimo, le tailleur de l'homme nouveau* ! « Auriez-vous un autre costume de clown ? demanderait-il, j'adore faire rire les enfants. »

« A quoi tu rêves, Aristide, allez bouge-toi, ça va être froid. »

Gilbert portait sans la moindre difficulté un énorme plateau fumant.

« Pas de chichi, on attaque tout de suite. Les enfants, allez vous laver les mains. Ouste ! »

Aucun des gamins ne bougea. Ils se hissèrent, pieds en avant, sur les grandes chaises façon *haute époque,* en se regardant de travers.

« Attention aux sièges de Mamie ! » hasarda Arlette, s'acquittant sans la moindre illusion de son devoir filial. Aristide, assieds-toi donc ici.

En moins de temps qu'il ne faut pour l'écrire, les assiettes furent remplies d'énormes pavés de viande, parfaitement saisis, de pommes de terre grillées et luisantes, ainsi que de salade juste craquante à point.

« Si tu veux rajouter du sel…. »

Il n'y avait rien à rajouter ! C'était un régal absolu. Aristide en avait presque les larmes aux yeux.

« M'man, Guillaume y me donne des coups de pieds sous la table ! »

« C'est même pas vrai, sale menteuse ! C'est elle qui me pique avec sa fourchette ! » Une pomme de terre vola.

« Ca suffit les enfants ! tonna Gilbert avec toute l'inefficacité de l'autorité paternelle, le premier qu'j'attrape… »

« Reprends donc un morceau de viande et quelques pommes de terre, Aristide. » conseilla Arlette.

« Par gourmandise seulement. » répondit Aristide, ce qui était la pure vérité.

L'os du Toufoulkanthrope

« Au fait, Aristide, y faut que j'te dise, j'ai trouvé mon carburateur. Pièce d'origine montée sur cuivre, une vraie merveille, confia Gilbert la bouche pleine. Chez un client, tu t'imagines ! Y'm'dit comme ça - vous v'z'y connaissez vous en carburateur, tu parles ! j'y dit, faites-moi z-y voir un peu ! A t'peux pas t'imaginer l'émotion ! Où qu'vous avez dégoté ça, j'y fais. C'est d'mon père, qui répond, l'avait une Rover just'avant la guerre. Un carbu qu'était presque neuf. Vous voulez pas l'vendre ? que j'y d'mande. Pourquoi ? qu'y fait, ça vous intéresse ? Si ça m'intéress' ! que j'dis. Et là y'm fait : allez j'l'vous donne, moi j'en ai pas l'usag'. »

« Tout à fait étonnant, vraiment sensationnel ! Apprécia Aristide qui partageait avec Gilbert la passion des vieilles *bagnoles*, tu l'as déjà monté ? »

« Tu parles que j'l'ai monté ! Y va comme un gant neuf. J'te f'rai voir ça après l'café. »

On prit donc, un peu après, cette boisson chaude ramenée d'Orient, sous la véranda *vénitienne* édifiée en commémoration de vingt ans de mariage.

Juliette et Guillaume étaient déjà dans le jardin, s'amusant à la balançoire.

Le monde des enfants restait pour Aristide une terre inconnue, mais qui pourtant, par une espèce d'attraction des contraires, ne cessait de le fasciner. Sa propre enfance avait été studieuse et silencieuse : point de jeux, peu de camarades, ni frère, ni sœur, seulement l'écrasante présence des livres et des propos adultes. Sa mère, effacée à l'extrême, quoique d'une intelligence fort vive, et son père, professeur dévoué au culte des lettres gréco-latines, avaient été jusqu'à vingt ans l'essentiel de sa compagnie. Toujours élève des classes les plus brillantes, ses camarades avaient représenté pour lui autant de rivaux façonnés à sa propre image. Lorsque aujourd'hui il observait, avec parfois un peu de terreur, le comportement de Guillaume et Juliette, il y sentait, de façon instinctive, la présence d'une substance infiniment précieuse, une goutte infime et pour ainsi dire non diluée, de vie originelle. A plusieurs reprises, il s'était demandé, sans y croire vraiment, s'il n'existait pas, dans sa propre quête de l'humanité primitive, la recherche inconsciente d'une enfance perdue. Quelquefois aussi cette pensée, douloureusement, l'amenait à Eléonore, mais il la chassait de toutes ses forces.

« Alors, mon gars, je t'le montre ce carburateur ? » Déjà Gilbert s'était levé de son siège. Il était l'heure de leur petite cérémonie : la contemplation heureuse du travail bien fait.

Avec une lenteur justement calculée, ils sortirent de la véranda et s'engagèrent dans le jardin pour rejoindre l'arrière du garage. En chemin, ils rencontrèrent Guillaume qui pleurait, couvert de terre et le pantalon déchiré.

« Juliette, Juliette, elle a coupé la corde de la balançoire avec les ciseaux de maman ! »

Ils passèrent leur chemin et pénétrèrent dans le garage.

* * *

L'os du Toufoulkanthrope

Chapitre 13

L'atelier mécanique de Gilbert Pilon s'ouvrait, Impasse des Coquelicots, à proximité des quais de la Marne. Il était l'exemple même d'une entreprise familiale qui avait conservé intactes des valeurs simples qui la situait un peu hors du temps. La clientèle, essentiellement constituée de gens du voisinage, était assurée de pouvoir compter sur un travail de qualité, au juste prix. D'autre part, une certaine notoriété, née des aptitudes toutes particulières de Gilbert dans le domaine mécanique, avait fait connaître l'endroit à un petit cercle d'amateurs éclairés désireux de faire réaliser sur leurs automobiles des opérations délicates.

C'était d'ailleurs en de pareilles occasions que s'étaient progressivement nouées d'amicales relations entre Gilbert et Aristide.

Le garage comprenait trois *secteurs* : l'atelier lui-même, impeccablement rangé, qui fleurait délicieusement l'huile de vidange et autres lubrifiants. Là, se trouvaient des rangées d'outils, classés par ordre croissants, ou décroissants, comme les notes d'une portée, qui n'étaient pas sans évoquer dans l'esprit du professeur Poiret la rude discipline laborantine ; l'espace de dépôt, ensuite, assez vaste, où stationnaient les véhicules, confiés aux soins du garagiste, et dans lequel on pouvait remarquer la présence de modèles assez rares ; la *réserve*, enfin, le saint des saints, le Naos mécanique, où, côte à côte, la jaguar Mark V, 1950, 3'5 litres, 170 cv, d'Aristide Poiret, et la Vauxhall Vélox L.I.P, 1952, 2275 cc, six cylindres, de Gilbert Pilon resplendissaient de tous leurs chromes.

« Tu vas voir le truc, une véritable merveille, tout monté à la main, avec la marque des soudures. »

Gilbert, tout à son carburateur, ouvrit la porte de la *réserve*.

L'os du Toufoulkanthrope

O sacrilège impie ! Profanation barbare !

Les vrais hommes ne pleurent pas, dit-on. Pourtant, en cet instant, les larmes montèrent aux yeux de ces deux compagnons. Leur sang ne fit qu'un seul et même tour et se figea simultanément dans leurs veines. Que s'était-il passé ? Les reluisantes carrosseries présentaient la marque indélébile des coups qu'on leur avait portés, s'inscrivant en ombres disgracieuses sur le poli de leurs galbes élégants et racés. Les portes qui béaient inexplicablement laissaient percevoir l'étendue des ravages. Les sièges labourés libéraient leurs entrailles de mousse compressée. Sur le mur, peintes en blanc, à même la surface de briques, on pouvait lire, maladroitement tracées, les lettres : *A. P.I. S* ! Aristide crut défaillir lorsqu'il découvrit qu'on avait arraché, sans le moindre ménagement, la figurine d'argent en forme de Jaguar qui ornait son capot...

Nous ne nous attarderons point sur l'indicible profondeur d'accablement qui saisit les deux hommes, ni sur la triste banalité des démarches qui les conduisirent au Commissariat de Police. Qu'il soit seulement mentionné que Gilbert, qui habitait sur place, se proposa de *suivre cette affaire*, pendant que son ami Aristide Poiret, décidément poursuivi par le sort, rentrerait à Paris.

Dans le métro qui le ramenait vers la ville, le professeur fut en proie à de sombres pensées. Un état de torpeur morbide s'était emparé de son âme. Autour de lui défilaient, sans qu'il les vît, les paysages gris des banlieues parisiennes ; il en montait parfois quelque image fulgurante qui semblait vouloir le tirer vers la réalité des choses familières mais qui se perdait aussitôt dans le maelström de vitesse et

L'os du Toufoulkanthrope

de sons qui l'enserraient comme un carcan. Il avait mal à la tête et sentait, logée au cœur de ses entrailles, une grosse boule d'angoisse.

« Voitures détériorées, abîmées, brisées, cassées, démontées, dépouillées, démantelées, désossées. »

Désossées ! le mot lui faisait mal.

Le préposé aux plaintes du Commissariat Général du Perreux leur avait désigné, non sans cette pointe de triomphe amer né de l'impuissance, une immense armoire métallique pleine à craquer de dossiers à couvertures vertes : « Véhicules volés. »

« *Poiret, Aristide, Germain, domicilié à Paris......... découvert son véhicule........... jaguar Mark V, 1950 ... des marques de coups ... sièges lacérés...........Inscription d'origine inconnue......... déclare sur l'honneur...... »*

Désossées, Désossées, désossss, désosss, dssss, dssss, ssss, ssss, sssh, sssshhh...

Silence dans le compartiment. Silence et solitudes. Les voyageurs sont priés d'attendre l'arrêt du train en gare. QUI ? Dans le reflet des vitres une femme aux cheveux gris. Une femme aux chaussettes blanches qui tire-bouchonnent. QUI ? Un homme d'un certain âge, usé, le front barré de rides profondes. QUI? Usagers du RER. Réseau Express Régional. Petite culotte. Autant de mondes cloisonnés que le hasard a réunis. Autant de souffrances tapies, bien cachées à la face du monde. Une boule dans la gorge. Régie Autonome des Transports Parisiens. Fontenay sous bois, Marne-la-Vallée, Gare de Lyon. Correspondance. Devrait s'acheter de nouvelles chaussettes. S'acheter de nouvelles culottes ? Nouvelles calottes ? L'homme de la vitre porte une veste chiffonnée. QUI ? Est-ce lui, Aristide ? Ou peut-être un autre. Son nom est Poiret, Aristide Poiret, Paris. **Descendre avant l'arrêt du train.** Solitude et silence. QUI ? QUI ? QUI ?

Désossées, Désossées, désossss, désosss, dssss, dssss, ssss, ssss, sssh, sssshhh...

Confronté aux dures règles de l'aventure et du danger, Aristide était un homme de ressources. Maintes fois, au prix d'actions que le commun trouverait héroïques, il avait sauvé les membres de son équipe. Mais face à la méchanceté, il était désarmé. Le seul ennemi qu'il se connût, le seul être qu'il sentît capable de lui vouer une profonde hostilité n'était autre que le professeur Chenillard, encore valait-il mieux parler d'incompatibilité d'humeur fondamentale, que de véritable détestation. Quoi qu'il pensât de son collègue, Aristide lui trouvait la vilenie trop haute pour s'abaisser à de misérables larcins. Et pourtant, qui d'autre ? que recouvraient ces lettres : **A.P.I. S** ? En matière d'offense, l'anonymat est le pire des traits.

Gare de Lyon, les quais regorgeaient de Professeurs de collège regagnant leurs provinces. Le Corps Enseignant levait le camp, encore fumant de colère. Quelques « *Pachydermator dehors* », enroués, se répercutaient, de loin en loin, dans les couloirs interminables du métro. L'homme à tête de mammouth se trouvait toujours là. Toujours là ? Aristide eut comme une révélation. On le suivait !

En effet, il lui sembla que le monstre laineux ne le quittait pas un instant des yeux. Il fit mine de se diriger vers la sortie tout en observant les faits et gestes de la créature pédagogique protestataire. Celle-ci lui emboîta le pas.

Aristide marchait comme on marche parfois dans les rêves, talonné par l'image atroce d'un destin inexorable. Toujours plus vite, sans parvenir à se dégager, il arpentait le quai tel un marcheur olympique. Bientôt il allait sentir dans son dos la morsure affreuse de l'ivoire préhistorique. Encore quelques mètres… la sortie !… Il atteignit le portillon automatique et le franchit d'un bond. Il eut juste le temps de percevoir l'énorme craquement que la porte en se refermant fit entendre lorsqu'elle écrasa la tête, trop large, de l'horrible monstre.

Dans la rue, il pleuvait à nouveau. De gros nuages, noirs venus de l'ouest, assombrissaient la ville.
Le premier réflexe d'Aristide fut de gagner le Muséum par le pont d'Austerlitz, mais il se ravisa, autant à cause de la prudence que lui inspirait l'idée désagréable d'être épié et suivi, que par crainte d'y rencontrer, traversant le Jardin des Plantes, quelques fêtards retardataires qui eussent voulu prolonger les attraits du *Canard Gourmand,* ou reconnu en lui l'auteur du lapsus le plus monumental de toute l'histoire paléontologique !
Il était presque 17 heures au grand *beffroi* de la Gare de Lyon.

« Les vrais hommes ne pleurent pas, dit-on.»

Chapitre 14

Cette même après-midi, Ludivine Beaufort quitta le bureau de bonne heure, un peu honteuse d'avoir offert à son dernier visiteur l'image trop répandue d'une bureaucratie distante et ennuyée.

« Soyez sûr, Monsieur, que nous étudierons votre dossier avec toute l'attention nécessaire, ma secrétaire va vous raccompagner... »

Il s'agissait cette fois d'un représentant d'une obscure organisation égyptienne, désireuse de voir rapatrié, sur son lieu d'érection, l'Obélisque de la Concorde !

Depuis la veille, Ludivine avait la tête ailleurs, tout à son rendez-vous, le soir même. La haute stature et le beau visage de Monsieur Abodium Mondaywee lui venaient sans cesse à l'esprit, provoquant chaque fois en elle un petit pincement dans les profondeurs cachées de son être, une sensation fugitive, et pourtant puissante, comme un afflux de sang frais dans le creux de ses veines. Cela la ramenait aussi à des temps plus anciens pendant lesquels elle avait éprouvé un genre assez voisin de menus *picotements intimes...* Mais, pour toutes sortes de raisons, elle préférait ne pas approfondir cette troublante analogie.

Le temps était de nouveau à la pluie. Ludivine devait se rendre chez le coiffeur. Elle voulait aussi s'acheter des chaussures... ce modèle qui lui plaisait beaucoup... avec de petites coutures parme sur le cuir gris. Elle les trouvait un peu trop hautes, un peu trop... jeunes ! Mais Monsieur Mondaywee aussi était jeune... Quel âge ? C'était difficile à deviner, la trentaine ? ou peut-être un peu plus... elle souhaitait que ce fût un peu plus... plus jeune qu'elle, cela était sûr... et grand, très grand aussi... Alors les chaussures... Oui, elle allait les acheter...

Sur le trottoir mouillé, elle marchait à petits pas, de sa démarche souple. Parfois, elle essayait de fixer de manière un peu durable, dans son esprit, le traits de Monsieur Mondaywee, mais ils disparaissaient bien vite, ne laissant comme dernière image que le sourire de ses lèvres minces. Elle en éprouvait un peu d'agacement, puis reprenait le jeu. Une pensée assez sotte lui vint : il se pouvait qu'elle fût amoureuse ! Ah ah ah ! Quelle drôle d'idée !

Chez le coiffeur, elle demanda que l'on donnât à ses cheveux quelque chose d'un peu... vaporeux, et qu'on en éclaircît, sans excès, l'extrémité des mèches.

« Très bien Mademoiselle Beaufort, je suis sûre que cela vous ira à merveille. » répondit la coiffeuse avec un sourire entendu qui fit rougir Ludivine jusqu'au bout des oreilles.

Dehors, à travers les grandes vitres du salon, on pouvait apercevoir de petits groupes de professeurs de collèges, harassés, quittant la place, bannières en berne.

« Vraiment, dit une cliente, je n'aimerais pas me trouver à leur place. J'ai du mal à m'occuper de deux enfants, alors en avoir trente... »

« Ils ne sont pas tellement à plaindre, ajouta une autre cliente, avec toutes les vacances qu'ils ont... »

« Moi je trouve qu'il a de bonnes idées, le Ministre, vous savez, celui qu'ils appellent Pachydermator... »

« Je suis tout à fait d'accord avec vous, renchérit une forte femme en train de sécher : *l'enfant doit être au centre du système éducatif*, je trouve cela original. »

« Comme le jaune doit être au centre du blanc, quand on prépare des œufs au plats ! pensa Ludivine ; l'enfant doit être au centre du système d'éducation pour être ensuite un adulte à l'extérieur du système de production ! »

L'os du Toufoulkanthrope

On le voit Mademoiselle Beaufort avait quelquefois des idées que son aspect de femme du monde ne laissait pas soupçonner.

Pendant quelque temps encore, Ludivine satisfit au dévorant besoin de faire des emplettes et rentra se préparer chez elle, rue Lacépède.

* * *

Chapitre 15

De son côté, Charles-Auguste Carré-Lamanon maudissait tous les professeurs de France et de Navarre. Il était proprement coincé dans les embouteillages et souffrait de douleurs au ventre. Son ulcère se réveillait, le talon d'Achille de tous les Lamanon. Le champagne qu'il avait bu au Muséum n'était pas bon, trop acide, il l'avait remarqué tout de suite.

Pour l'instant il se consolait en faisant ronfler le puissant moteur de la voiture qu'il venait d'acheter : des tas de chevaux et beaucoup de soupapes, il ne se rappelait plus exactement combien. La radio, à elle seule, était un vrai poste de pilotage :

...circulation bloquée entre la Bastille et Nation, ralentissements sur le périphérique à hauteur de la porte de Bercy...

Charles-Auguste était d'une humeur massacrante. Ce professeur Chenillard, quel fouille merde ! Quel pauvre con ! Sa voix suave : *« les associations de consommateurs, Monsieur Carré- Lamanon ! »* Pour qui se prenait-il ? Cet enculé de bâtard de sa mère ! Bœuf en gelée la Bovinette ? Il allait lui en faire bouffer du bœuf à la gelée, et par le trou du cul ! Parole de Lamanon ! Ses consommateurs à lui, c'étaient les chats, les foutus chats, et ils les trouvaient à leur goût, les petites boîtes de Câlinou ! plus de dix millions ; il en avait vendu, plus de dix millions, depuis le début de l'année. Les chats, et personne d'autre, n'avaient le droit d'y fourrer leurs putains de museaux !

Et ce n'était pas tout ! Comme il reluquait Samantha, ce salaud ! Devant sa femme en plus.

Manifestement, Monsieur Carré-Lamanon n'avait pas manqué de noter les regards appuyés que Geoffrey Chenillard avait jetés sur Samantha, alors qu'il tentait sur lui-même son petit chantage à la consommation ! Ah, si *la Chenille* se fût, à ce moment, présenté devant lui, Charles-Auguste l'eût écrasé, sur le champ, de ses propres mains. C'en était trop ! trop ! Il fallait que le personnage reçût une *signe clair,* et il le recevrait bientôt. Il allait appeler Alphonse, un dur à cuire, un vrai ! Et l'on verrait si ce connard d'enfoiré de ses couilles allait la ramener longtemps.

De façon générale, la colère rendait les propos de Monsieur Carré-Lamanon un peu vifs.

A côté de lui, Samantha, affectait la pose de quelqu'un subissant avec le plus grand stoïcisme les conséquences désagréables d'une situation dont elle n'est en rien responsable. Elle fixait d'un regard rempli d'un immense intérêt les trottoirs de la rue de Sully. Sa jupe courte laissait voir la blancheur de ses cuisses superbes sur le cuir couleur tilleul automnal du bolide.

A ce spectacle Lamanon fut saisi d'une pensée lascive aux conséquences inconfortables en de pareilles circonstances et eût souhaité rentrer rapidement pour mettre un terme à la douloureuse rigidité qu'il sentait naître en lui. Cependant, il avait remarqué, non sans quelque amertume, que depuis son mariage récent, sa femme répugnait à satisfaire, avec la même ardeur qu'auparavant, certains élans de sa nature vigoureuse. Il posa néanmoins sa grosse main velue sur la chair tendre qui s'offrait à sa vue, ce qui accrut considérablement l'intérêt de la dame pour le spectacle offert par la rue de Sully.

... circulation toujours bloquée sur les grands boulevards, les départs en week-end risquent de provoquer de nombreux bouchons sur les axes...

« Quelque chose qui ne va pas, Bibiche ? » C'était le nom qu'il lui donnait dans les moments intimes.

Aucune réponse.

« Qu'avez-vous donc à faire cette mine ? Ce n'est tout de même pas de ma faute si les rues sont bouchées. »

Silence interminable. Long soupir, et puis :

« Vous avez vu Madame Chenillard ! »

« Si je l'ai vue, cette espèce de grosse... *Bovinette* ! » Il partit d'un grand rire sonore.

« Vous auriez dû la regarder d'un peu plus près, Charles ! Peut-être auriez-vous remarqué ses bijoux ! Les miens à côté avaient l'air de breloques. »

Soulagement :

« Je n'y ai pas prêté la moindre attention, chère amie ! »

Théâtrale :

« Ah, pourquoi voulez-vous toujours que j'aie l'air d'une pauvre mendiante ? » Le ton sonnait à peu près juste, elle avait pris des cours.

-Alors que diriez-vous d'aller faire un tour du côté de la place Vendôme, dès que nous sortirons d'ici, ma petite Bibiche?

- Oh mon inestimable Ami, vous savez toujours vous montrer si bon ! »

La main velue de Carré-Lamanon remonta de quelques centimètres...

* * *

Chapitre 16

> **Communiqué n° 4**
> **A**u nom de Dieu Tout Puissant, les Croyants de la **V**raie **F**oi rappellent que l'Homme est la création du seul **Maître de l'Univers**, tel qu'il est dit dans la Sainte Écriture. Aujourd'hui l'impie **Aristide Poiret**, suppôt de l'Antéchrist et de l'Évolutionnisme blasphématoire a reçu la première **leçon**. Il en recevra d'**autres** !

Nous ne laisserons pas l'être humain devenir un orphelin de Dieu !
> A.P.I.S : Association Pour
> l'Immobilisme de la Science

Christian Castagnol, le Chef de la Sécurité du Muséum d'histoire Naturelle, coudes posés sur son bureau, tournait et retournait le *communiqué n°4* dans ses mains noueuses. Il y avait aussi, agrafée à ce *communiqué*, une photo de petit format, représentant un bouchon de radiateur, surmonté d'une statuette d'argent en forme de jaguar... sur fond de crâne grimaçant !

Face au bureau de Castagnol, dans l'un des deux fauteuils de rotin tressé, un homme d'une quarantaine d'années, aux cheveux châtains, montrait un visage de couleur violacée, couvert de pansements.

Sur ses genoux, une masse informe constituée de carton et de texture filamenteuse rousse, d'où jaillissaient deux longues protubérences blanchâtres, pouvait, avec de l'imagination, évoquer la tête écrasée d'un éléphant.

« J'fous dis qu'y m'a femé, Fef, j'ai rien pu y faire, à caufe de la porte de la ftafion... »

« **Professionnalisme**! Despentes, **professionnalisme**! Rappelez-vous ceci, à l'avenir, mon vieux! » Le ton du Chef était celui de la réprobation, tandis qu'il considérait le denommé Despentes d'un œil brillant et sec où perçaient, malgré tout, les premisses infinitésimaux d'une compassion débonnaire. De ce décalage, presque imperceptible, le Chef tirait l'essentiel de son autorité. Les traits de son visage, carré, étaient dessinés avec force. Le nez, tombant, avait été vidé de tous ses cartilages par la pratique répétée d'activités martiales, dans la manière des joueurs de rugby. Les yeux sombres avaient un regard fier, aigu. Pourtant, ce qui frappait le plus, au cœur de la rigidité contenue de cette face nettement dessinée, résidait dans l'extrême mobilité des sourcils. Ceux-ci soulignaient, avec une fidélité surprenante, l'expression des pensées. Plus encore, chacun d'entre eux était doté d'une parfaite autonomie, introduisant dans l'illustration du discours des nuances de sens quasi illimitées.

«Et je me fuis caffé une infifive, Fef... »

Nettement plus grand que le Chef, l'Agent Despentes était loin de posséder la même *densité*. Voûté, le buste long, il semblait que son corps suivît ses mouvements avec un moment de retard, laissant dans son sillage les contours indécis des gestes effectués. Cette imprécision de la forme animée, telle qu'on la voit sur ceraines photos, ce léger tremblé, conférait aux traits du personnage une impression de flou et à son être une forme d'absence. Cependant, du sommet du crâne, avec une inattendue consistance, jaillissait une *queue de cheval*. Naguère fringante crinière de destrier, elle s'était muée, avec l'âge, en appendice codal de rongeur rachitique, mais persistait à "maintenir" le personnage, à la manière d'une poignée, d'une ancre, ou plus justement, comme un cordon ombilical qui le reliait encore à la réalité du monde en y affirmant sa présence.

Castagnol et Despentes constituaient les deux tiers du personnel de vigilance du Muséum d'Histoire Naturelle. L'autre tiers se nommait Alphonsine le Gouverneur. Elle était en congés.

On a peine à imaginer combien un complexe aussi vaste que le Muséum nécessite d'attention constante. Ouvert de tous côtés, donc propre à attirer toutes sortes de fauteurs de troubles, l'immense quadrilatère, constitué de pavillons et de jardins, ressemble à une gigantesque forteresse, sans cesse assiégée, et qu'il faut défendre.

Le trio ne chômait pas.

Cependant, depuis bientôt une semaine, une forme nouvelle de malveillance avait vu le jour au sein de l'enceinte vénérable, sous forme de tracts anonymes, subrepticement déposées aux quatre coins du Jardin des Plantes, avec une espèce de raffinement pervers. Ainsi, la dernière de ces *lettres*, reproduite plus haut, avait été nuitamment *épinglée* sur l'une des grosses cactées du jardin tropical, à quelques mètres seulement du bureau du Chef de la Sécurité. Une autre avait, selon un jardinier, été lâchée, depuis fort loin, d'un cerf-volant en forme de suaire…

Cette ténébreuse affaire, que pour des raisons de prestige et d'*image*, la direction du Muséum ne souhaitait pas voir *ébruitée*, avait pour origine, sans le moindre doute possible, l'annonce de la découverte du Toufoulkanthrope. Un mystérieux groupuscule, l'A.P.I.S, Association pour l'Immobilisme de la Science, entendait s'élever, au nom d'un mysticisme obscur, contre *la plus vaste supercherie du siècle*, prenant pour principale cible le professeur Aristide Poiret. Les choses, on s'en doute, avaient été prises au sérieux.

L'Agent Chef Castagnol avait chargé son adjoint, Despentes, de la surveillance discrète du professeur, qu'on avait, pour des raisons qui touchaient tout autant à des impératifs de précautions strictement techniques qu'à une certaine candeur caractérielle, propre à l'éminent personnage, tenu à l'écart de l'affaire.

Les nombreuses manifestations de professeurs de collèges prévues dans le secteur avaient été à l'origine du stratagème dit de *la tête de mammouth*. Précisons qu'il entrait dans les originales stratégies du Chef cette idée, par ailleurs reprise d'Edgard Allan Poe, selon laquelle *ne s'ignore que ce qui est le plus apparent*. Qui pourrait deviner que se cachât sous le divertissement parodique du déguisement, l'oeil vigilant de la Sécurité ?

Le principal intéressé, l'Agent Despentes, avait montré, à l'égard de cette forte théorie, un certain scepticisme. Pourtant, devant l'inébranlable assurance et l'autorité sourcilleuse de son supérieur, il avait dû obtempérer et revêtir sans discuter l'inconfortable livrée pachydermique.

« Voilà donc où nous en sommes aujourd'hui, Despentes! dit Castagnol, brandissant d'un geste brusque le dernier communiqué reçu. Non seulement nous avons laissé tranquillement cette bande d'illuminés saccager la Jaguar du professeur Poiret, mais encore – il insista sur le *encore* – le même professeur se balade en ce moment dans la nature, au risque d'y perdre la vie! Me comprenez-vous? » (Le sourcil droit reproduisit le point d'interrogation avec une ressemblance étonnante.)

« Fertainement, Fef ! »

« Coon-tii-nuu-oons », égrena lentement Castagnol. Lorsqu'il affectait cette forme de calme syllabique, le Chef atteignait l'extrême limite du peu de patience dont la nature l'avait doté.

«Ainsi, vous perdez une première fois le professeur Poiret, peu après la *garden party*, lorsqu'il vous apostrophe au sujet de vos défenses? Est-ce cela, Despentes, est-ce bien cela? » (sourcil gauche dressé, l'autre froncé.)

« F'est tout à fait fa, Fef. »

« Bien, très bien, notez que lorsque je dis "très bien", cela signifie que j'ai très bien compris. Soyons clairs, je vous prie. Vous parvenez à *recoller* au professeur sur le quai du métro alors qu'il s'apprête à quitter précipitamment la ville. Vous l'escortez discrètement juqu'à Nogent-sur-Marne, puis au Perreux, chez des amis. Jusque là, rien à dire… Mais vous vous faites remarquer, et ramasser par la police! » (les deux soucils très haut, claquement de mains sur les cuisses, regard au ciel.)

« Juftement, la tête de mammouth… »

« Evidemmmment! *la tête de mammouth*! Despentes! Vous auriez voulu vous déguiser en kangourou, par exemple? Laissez-moi donc poursuivre…

« Au commissariat, on vous questionne, on vous rudoie, on vous coffre ! D'abord, on vous suspecte d'être exhibitionniste ! (Pointe du sourcil droit presque à verticale.) Et puis, par un étrange hasard… dans ce même commissariat, vous avez la surprise voir apparaître monsieur Poiret et son ami qui viennent porter plainte. Leurs voitures ont été sabotées ! Le coupable ? Il est là, frais pincé, c'est vous ! »

« Mais f'était pas moi, Fef ! »

«Despentes ! Accordez-moi un peu d'attention, je vous prie. Aux abois, vous me faites appeler, j'interviens, j'explique, on vous libère ! Car, bien sûr, vous aviez oublié votre carte ! »

« Je l'avais laiffée dans mon coftume de fervife... » postillonna le malheureux Despentes.

« Naturellement ! » (sourcil gauche carpé, soupir.) Le chef inspira bruyammant, joignit les mains en une forme de posture yogique, et reprit d'un air las :

«Poursuivons, mon vieux, si vous le voulez bien. Vous courez jusqu'à la station R.E.R de Nogent-sur-Marne, vous retrouvez le professeur, de retour vers Paris, vous reprenez la filature et, Gare de Lyon, vous vous mêlez à nouveau aux manifestants... Dites-moi si je me trompe. Non ? Parfait. »

Castagnol prit, à nouveau, une grande inspiration, ferma les yeux et serra les poings, comme soudainement victime d'une forte contrariété, puis il se ressaisit:

« Dois-je vous rappeler la suite, Agent Despentes? (sourcils très droits, tendus.) Sur le quai, le professeur ne peut que remarquer **le manque de**... »

Il laissa la phrase en suspens, pointant sur son collègue un menton interrogateur.

«De...de... **profeffionnalifme**... » balbutia, à contrecœur, Despentes, dont la queue de cheval pendait piteusement.

«Je ne vous le fais pas dire, mon vieux! Le manque ***absolu*** de "**professionnalisme**" dont vous faites alors preuve en matière sécuritaire! Comme un débutant - acceptez que j'use de cette expression galvaudée – vous laissez s'envoler le professeur Poiret au premier portillon de métro venu!... Ai-je tout dit? (Double point d'interrogation.) Ah non! Vous ne savez rien, vous n'avez rien vu, vous n'avez pas le plus petit indice... Despentes, je vous dis BRAVO! » (Oscillations, écartements, resserrements spasmodiques des pilosités frontales.) Christian Castagnol, joignant le geste à la parole, se mit à applaudir à la cantonade.

«J'ai peut-être un petit indife, Fef! »

« Que ne le disiez-vous? Pourquoi ne pas attendre l'assassinat du professeur pour le communiquer? Vous le savez, nous avons tout notre temps, mon vieux, tout notre temps ! »

Castagnol se renversa dans son fauteuil, les mains croisées, paumes vers l'extérieur, les doigts entrelacés.

Précautionneusement, Despentes poursuivit :

«Quand je me trouvais devant le domifile de Monfieur Pilon, l'ami de Monfieur Poiret, j'ai vu Raymond le Wallon, et Robert le Furet qu'arrêtaient pas de tourner fur leur vieille moto... »

Despentes, qui venait, dans le jargon sécuritaire, de subir une sacrée *remontée de bretelles*, transmit l'information du bout des lèvres, comme si chacune de ses paroles eût pu permettre de le prendre en défaut.

Raymond, dit le Wallon, et Robert le Furet n'étaient autres que Raymond Larlane et Robert Pyridès, bien connus de toutes les polices de l'Arrondissement.

Le Wallon et le Furet ! Ces deux-là étaient de tous les mauvais coups... quoiqu'ils ne fussent pas spécialement réputés pour leurs penchants mystiques ! Et pourtant! Que pouvaient-ils bien faire, au Perreux, ce jour-là? Au moment précis où le professeur s'y trouvait? Y avait-il quelque chose qui pût attirer ces tristes compères dans les campagnes de l'est parisien, en Val-de-Marne ? Christian Castagnol sentit qu'il tenait une piste.

« Très bien, Despentes, très bien, cette fois je le dis dans l'acception non figurée du terme, très bien, très très bien. Je vais appeler Alphonsine... » (Les sourcils du Chef reprirent alors leur position d'attente, en rien différents de bien des paires de sourcils.)

L'os du Toufoulkanthrope

« Une sacrée remontée de bretelles »

Chapitre 17

Alphonsine Le Gouverneur avait intégré l'équipe de vigilance du Muséum d'Histoire Naturelle par goût de l'aventure. La Sécurité constituait pour elle une vraie vocation. Déjà, tout enfant, cette grande fille rousse aspirait à faire régner l'ordre dans les cours de récréation. Elle était devenue une belle jeune femme, très droite, athlétique, aux épaules larges, non dépourvues de distinction. La jambe était longue et la poitrine, généreuse sans prodigalité, sainement agressive. La seule petite fausse note résidait sans doute en une implantation dentaire fort peu orthogonale qui avait résisté aux appareils les plus sophistiqués. Comme saisies d'incoercible claustrophobie, les dents n'avaient de cesse de fuir la cavité buccale. Ce détail l'avait fait surnommer par ses camarades de classe, avec une délicatesse tout enfantine : « l'ouvre-boîte », ou avec plus de gentillesse encore : « le décapsuleur ». La jeune fille en avait longtemps éprouvé des complexes, mais de là, vraisemblablement, était né son besoin d'équité. Aussi lorsqu'elle reçut le coup de téléphone de son supérieur hiérarchique, Christian Castagnol, interrompit-elle derechef, bien qu'elle fût de congé ce jour-là, les ébats enflammés qui momentanément l'occupaient. Les circonstances nous forcent à préciser qu'Alphonsine comptait dans son tempérament une ardeur peu commune aux choses de l'amour.

« Bien reçu- mummm- j'arrive tout de suite. »

La jeune femme abandonna son compagnon au moment même où celui-ci s'apprêtait à fournir un vibrant témoignage du vif plaisir qu'il éprouvait à se trouver près d'elle.

« Désolée, chéri, le devoir m'appelle. »

Le pauvre garçon quitta, non sans regret et beaucoup de retenue, la place. S'il n'avait exercé les fonctions de gardien de la paix, il eût pu éprouver pour Alphonsine une certaine aigreur, mais l'on se comprend mieux quand les goûts sont communs.

La mission qu'on lui avait confiée était d'une grande simplicité : elle devait tout d'abord vérifier si le professeur Poiret avait regagné son logis de la rue Lacépède, puis essayer de retrouver la trace de Raymond Larlane et Robert Pyrides, deux figures connues dans l'arrondissement.

Quelques instants plus tard, la jeune femme, qui n'habitait pas loin, se trouva devant l'immeuble d'Aristide Poiret. La vaste porte vitrée, grillagée de fonte, n'étant fermée que le soir, elle put pénétrer dans le long passage qui menait à la cour intérieure. Puis elle sonna à plusieurs reprises chez le professeur, sans obtenir la moindre réponse. La porte qui s'ouvrait, à droite, sur la cage d'escalier et l'ascenseur, était munie d'un code. « Trop compliqué », pensa la jeune femme. Elle jeta un regard dans la petite cour, sans y découvrir le vélo rouge du paléontologue. La boîte aux lettres, à gauche, contenait encore tout le courrier de la journée. Aucun doute, le professeur n'était pas rentré cette après midi-là.

Depuis la rue, Alphonsine communiqua le résultat de ses recherches à Christian Castagnol, le Chef, par l'intermédiaire de son téléphone portable. L'objet lui étant personnel, elle choisit une formule lapidaire : « Poiret pas là, cherche les deux oiseaux ». En effet, la question des *notes de frais* se posait avec une acuité toute particulière depuis l'apparition des nouvelles techniques de communication, plus précisément celles liées à la « téléphonie mobile ». Désormais, l'usage des *portables* devait se limiter, de la manière la plus stricte, aux situations *d'extrême urgence* qui pourraient présenter un danger pour *l'intégrité physique des personnels*. Quant au reste, il convenait d'utiliser tous les *moyens classiques*, largement adaptés aux situations courantes.

La jeune femme remonta la rue Lacépède jusqu'à la Contrescarpe. Elle se sentait sujette à une forme d'excitation croissante qui stimulait les couches basales de son épiderme ainsi que les glandes sudoripares et les muscles horripilateurs. L'action ! Rien ne lui plaisait davantage. L'agent de sécurité Alphonsine le Gouverneur entra d'un air décidé au Bar de l'Olympien, un établissement à la réputation douteuse que tenait un immigré marseillais, avec un soin tout méridional. Quelques clients patibulaires levèrent sur elle un œil torve lorsqu'elle se cala près du fond, bien droite, devant une petite table. La jeune femme commanda un demi panaché et fit mine de se plonger dans la lecture de *Paris Turf*.

La clientèle de l'établissement se composait essentiellement d'hommes aux allures frustes, à l'exception d'une grande femme, très maigre, moulée dans une robe de lamé grenat, outrageusement maquillée, et s'adressant à la cantonade d'une voix éraillée. A l'entour, les rares conversations, un peu languissantes, se rapportaient au *foot* ou au tiercé. Un poste de télévision mal réglé transmettait dans l'indifférence générale une compétition nautique. On entendait le bruit d'un billard mécanique.. Quelques consommateurs grattaient, à l'aide de pièces de monnaie, de petits cartons aux couleurs criardes dans l'espoir de faire fortune. Ça et là, sur les murs, quelques maillots ayant appartenu aux gloires anciennes de l'Olympique de Marseille montraient, entre des auréoles jaunâtres de sueur figée, des dédicaces pleines d'esprit à demi effacées :

« *Au roi du ballon de rouge.* »

« *A l'Olympien, bar transversal, buvons un bon coup franc.* »

« *Tous chez Francis Cantona soif !* » [...]

On ne dira jamais assez combien la galéjade footballistique peut toucher au sublime !

Nul doute que les deux comparses passeraient, tôt ou tard, car Alphonsine les avait souvent vus sortant de l'Olympien.

Justement, quelques instants après, le tandem fit son apparition

« M'sieurs, Dames, salut Mireille, comment va ? »

C'était le blond qui avait salué.

« Ca va les petits, » répondit la femme en lamé du comptoir.

« Allez, Mireille, j'te paye un verr', déclara le Wallon, en lissant de sa longue main les crans graisseux de ses cheveux jaunâtres. Pâtron, deux p'tits blancs et la mêm' chose pour Mâd'moisell'. »

Les deux hommes s'installèrent au comptoir, de part et d'autre de la consommatrice abondamment fardée.

Pendant un long moment, le trio consomma tournée après tournée, chaque commande étant accompagnée de signes ostentatoires d'une largesse un peu suspecte.

« Allez Francis, tu r'mets çà, qu'on s'rinc'un peu la dâll', t'as qu'à boire un coup toi aussi... »

« Z'avez gagné au tiercé ou quoi les mèqueu ? » finit par demander Francis, le patron, d'un ton lourdement allusif.

« P'têt ben qu'on a gâgné queuq' chose, » ajouta avec un clin d'œil le petit moustachu.

« Ah sans blagueu, c'est une bonneu nouvelleu, rétorqua le patron, ça fait plaisireu que les affaireus reprennent ».

La conversation s'enlisa encore quelque temps, à mesure que les tournées tournaient. Il fut question d'argent facile, de Jaguar et d'évolutionnisme... Puis les deux hommes un peu chancelants se levèrent, suivis de la femme grenat. C'est le Wallon qui régala d'un *billet de cinq cents*, tendu du bout des doigts, comme une chose répugnante. Albertine sentit son cœur bondir dans sa poitrine, son tour était venu.

Dans la rue, il pleuvait toujours, à faibles gouttes. Le petit groupe traversa la place puis s'engagea rue du Cardinal, suivi par Alphonsine. Un peu plus loin se dressait la palissade d'un chantier. L'endroit était désert et le moment propice. Elle se rapprocha, d'une démarche rapide et souple.

« Bonjour, dit-elle brusquement. Alphonsine le Gouverneur, Muséum d'Histoire Naturelle, j'ai deux ou trois questions... »

Elle n'eut pas le temps de terminer sa phrase. L'un des hommes l'interrompit en ricanant :

« Qu'est-ce que tu veux ma grande ? T'es bien foutue tu sais. Justement yâ mon copain qu'est seul... »

Lui non plus n'eut pas le temps d'achever sa remarque. Un formidable coup de savate l'avait atteint en un endroit que l'on dit vulnérable et terriblement douloureux. Raymond Larlane sembla se casser en deux, tandis que sa bouche s'arrondissait en une espèce d'exclamation muette. Aussitôt, Robert Pyrides sortit de sa poche un couteau. La lame jaillit, luisante, avec un bruit de mécanique bien huilée. Presque instantanément, le coude d'Alphonsine projeté vers l'arrière le cueillit à la base du nez. Robert dit le Furet eut l'impression qu'il venait d'avaler tout un pot de moutarde extra forte et lâcha son arme. Mais déjà, le grand blond, reprenant ses esprits, avait saisi l'un des bras d'Alphonsine et tentait de le mordre avec sauvagerie. La jeune fille se dégagea d'un mouvement du buste, avant de répéter en des termes rigoureusement identiques sa première leçon. Cette fois le Wallon eut l'impression qu'un match de tennis en double se déroulait en lui. Deux balles animées d'une prodigieuse vitesse montaient et descendaient, rebondissant furieusement dans toutes les parties de son corps. Ses yeux semblaient regarder en lui-même, ne laissant apparaître à l'extérieur que deux grosses boules blanches, veinées de rouge.

« J'ai des questions à vous poser, reprit Alphonsine avec le plus grand calme, on est bien sage et on écoute ! »

A cet instant, le Furet grimaçant de douleur et de rage tendit le bras vers le couteau qu'il tenta de reprendre. De la pointe du pied, elle frappa juste en-dessous des côtes. Privé de sa respiration, l'homme accomplit pendant quelques instants des mouvements désordonnés de brasse, comme s'il eût voulu nager sur le pavé. Alphonsine le saisit par le col et le regarda dans les yeux :

« Tu vas me dire ce que tu faisais à Nogent sur le coup de treize heures. Tu cherchais des champignons, peut-être ? »

L'homme secoua la tête, essayant de reprendre son souffle et lança d'un air de défi :

« J'cherchais pas des champignons, on s'baladait mon pot' et moi, des fois qu'on trouve un bon coin pour la pêche, on a pus l'droit d'y aller, à la pêche ? »

L'air menaçant, Alphonsine leva la main, paume vers l'extérieur. On eût dit une rousse amazone.

« Ouais, Ouais, dit l'homme, allez ça vâ, on était sur un coup, rien d'saignant, just' la routine. Faut bien vivr', non ? »

« Je n'ai rien à faire de deux goujons de votre espèce, ce que je veux savoir, c'est qui vous a payé : le gros poisson. Compris ? Si vous le dites gentiment, on oubliera tout ça. Mais sinon ... » Les derniers mots de la jeune femme furent prononcés avec une telle détermination que les deux hommes rentrèrent la tête dans les épaules comme des enfants pris en faute. Raymond Larlane prit la parole :

« Après tout, on s'en tape aussi... cette histoir', elle m'botte pas des mâss' ; c't'un vieux dingue qui voulait qu'on casse la tire d'un mec à Nogent ... Y parl' toujours d

L'os du Toufoulkanthrope

'Dieu ou d'autr' trucs à la mords-moi l'n'œud... du Jugement qu'il dit... Tout un bâzar de bondieuseries... moi j'veux plus bosser pour cessigue, y m'fou les foies et on a rien qu'des emmerd'... »

Alphonsine accentua d'un cran la pression qu'elle exerçait sur le col du Furet :

« Alors, on accouche, ou on sort les outils ? »

« Y s'appell'... Balthazar... Balthazar ... Nem... »

La jeune femme n'eut pas le temps d'en savoir davantage. Elle sentit derrière la tête un choc terrible. De petites étincelles dansèrent un moment devant elle, et puis elle tomba, inerte.

« On les met et vite, dit la femme en lamé grenat continuant à faire tournoyer son sac comme une masse d'arme, cette histoire ne sent pas bon ! »

Les trois personnages s'enfuirent en courant sous la pluie redevenue plus dense, et s'enfoncèrent brutalement, à gauche, dans la rue de Clovis.

L'os du Toufoulkanthrope

L'os du Toufoulkanthrope

Chapitre 18

Cela faisait un long moment qu'Aristide Poiret arpentait les rues, l'esprit vide. Une vague de désespoir, venue du fond de son être, semblait l'avoir abstrait de toutes les réalités du monde, à commencer par la pluie qui le trempait jusqu'aux os. Si les quelques passants qui circulaient à ce moment-là, rue du Pas de la Mule, avaient prêté quelque attention à l'homme qu'ils croisaient, ils eussent vu un être hagard, vêtu d'un immense costume vert, le front penché vers le trottoir, dans l'attitude du plus complet renoncement.

Depuis qu'il avait quitté la gare de Lyon, Aristide ne parvenait plus à rassembler ses esprits de façon cohérente. Mu par une espèce d'acte réflexe, ses premiers pas l'avaient conduit en direction du Muséum, mais il s'était rappelé la fête que donnait Chenillard et qui peut-être n'était pas terminée. Beaucoup trop de mauvais souvenirs lui venaient à l'esprit. Puis il avait tout naturellement décidé de retourner chez lui. Une pensée douce et familière l'avait envahi, rien qu'en y songeant, comme s'il avait dû retrouver, dans son appartement de la rue Lacépède, quelque chose qui eût pu lui réchauffer le cœur. Et puis l'idée lui était venue, soudaine et tranchante comme un coup de lame : l'os ! l'os du Toufoulkanthrope ! Cet os qui l'attendait, depuis la nuit des temps ! Aussitôt il avait accéléré sa marche, comme fouetté par ce lointain appel.

Et pourtant, au bout de quelques pas, il s'était arrêté ! La pensée qu'il venait d'avoir s'était vidée de sa substance, figée en quelque sorte, au sommet des espoirs qu'elle avait suscités, incapable, au-delà de cette limite, de remplir de nouvelles attentes. Pour la première fois, depuis sa découverte, l'os semblait avoir perdu son étrange pouvoir. La mort dans l'âme, Aristide n'avait pu s'empêcher de penser que le fruit si précieux de ses longues recherches ne lui avait fina-

L'os du Toufoulkanthrope

lement apporté que trouble et désespoir. Des larmes avaient coulé sur ses joues, se mêlant à la pluie. Il avait ressenti l'amertume de ceux qui ont été trompés, non point qu'il en eût voulu à l'os du Toufoulkanthrope de s'éloigner de lui comme une maîtresse infidèle, mais plutôt parce que celui-ci avait corrompu son âme, à la manière d'une courtisane voluptueuse. Aristide avait été plongé dans le dépit de s'être trahi lui-même. Ulysse imprévoyant, il avait succombé à l'appel des sirènes au lieu de poursuivre, d'île en île, sa longue et noble quête...

Sans même s'y attendre, Aristide Poiret aperçut devant lui les arcatures majestueuses de la Place des Vosges, et bifurqua dans la rue de Tournelle. Il marchait, marchait toujours, à travers le Marais, sans rien voir de ce qui, à l'accoutumée, eût piqué sa curiosité : vieilles demeures, hôtels anciens, antiques échoppes, indifférent jusqu'à ne plus sentir la douleur de ses pieds humides et meurtris. Rue Saint-Gilles, Rue du Parc royal, Place de Thorigny, Rue Elzévir... Devant lui, se profila le clocher de l'église des Blancs Manteaux, puis il atteignit la rue des Francs bourgeois, plus longue et plus passante.

La très chère était nue, et, connaissant mon cœur,
Elle n'avait gardé que ses bijoux sonores,
Dont le riche attirail lui donnait l'air vainqueur
Qu'ont dans leurs jours heureux les esclaves des Mores.

Baudelaire ! Les vers fameux tintèrent aux oreilles d'Aristide comme un carillon voluptueux d'alexandrins. Il releva les yeux, tous les sens en éveil. Devant lui, dans une féerie de lumière et de soie, un nombre impressionnant de petites culottes s'offrait à son regard avec un total abandon, comme les pétales multicolores d'une fleur de chair tendre. Aristide Poiret sentit le sang affluer à ses tempes. Au-dessus de lui, en lettres roses il put lire :

L'os du Toufoulkanthrope

CHEZ MIMI « Quand le linge rit »

Alors :

Poussé par une incoercible et généreuse envie,
Et se sentant porté par une âme étrangère,
Comme s'il en avait dépendu de sa vie,
Comme un marin fourbu, enfin, touche la Terre,

Papillon somnambule, succombant aux appas
Lointains et mystérieux de flammes qui tremblotent,
Comme si le destin avait guidé ses pas,
Il entra au royaume des petites culottes.

Ding ding direling dong...
L'intérieur de la boutique ressemblait à un coffret précieux. Une femme d'un certain âge, aux cheveux blonds cendrés, discutait avec une cliente. Elle eut un petit geste de recul lorsqu'elle aperçut, devant elle, cet homme hirsute, trempé des pieds jusqu'à la tête, et portant un invraisemblable costume vert sapin, beaucoup trop large. Cependant, il n'était pas rare qu'un certain nombre de clients de toute nature vînt chez elle pour diverses raisons. Il ne lui appartenait pas de les approfondir. C'était, pour une large part, aux fantasmes assez singuliers des hommes qu'elle devait sa prospérité. Ses lèvres incarnat s'ouvrirent sur un sourire très étudié :
« Ce Monsieur désire ? »
Dérangé dans sa contemplation, l'interpellé eut un petit sursaut.
« Je.. c'est à dire... ma femme... a perdu... heu... dans des circonstances que... »
Charitablement, la marchande vint au secours de son client.

« Je vous en prie, Monsieur, faites votre choix, puis-je seulement vous demander quelle taille vous recherchez, les petits modèles sont par ici, les moins petits par là... »

« La taille ! » Aristide sentit monter en lui une bouffée d'angoisse, il ignorait jusqu'à la taille de ses propres habits. Il jeta désespérément les yeux autour de lui, tentant de repérer un chiffre salvateur. Du coin de l'œil, il en aperçut un, sur l'étiquette d'une culotte rouge, il y avait aussi, ô comble de raffinement, une lettre à côté.

« 98, E », avança-t-il, avec une fausse assurance.

La marchande ouvrit de grands yeux ronds. Il y a toujours dans chaque commerçant la crainte de ne pas tout connaître des subtilités du métier, ni des pièges de la concurrence, pourtant, après une très brève hésitation elle ajouta :

« Vous devez faire erreur, Monsieur, à moins que votre femme ne soit exceptionnellement... forte. Puis-je vous suggérer de regarder Madame – La marchande désigna la cliente qui était auprès d'elle - et de me dire si les proportions de votre épouse sont très supérieures à celles, remarquablement harmonieuses, de cette Dame. »

Cramoisi de honte, Aristide leva les yeux vers la cliente, une femme d'un certain âge, un peu enveloppée.

« C'est à peu près cela, oui, en effet, ma femme est *harmonieuse*, comme Madame, un peu moins... épanouie, peut-être. » Aussitôt, il regretta sa dernière remarque et tenta, pour se racheter, d'extirper un sourire du plus profond de son être social.

La cliente jeta sur lui un regard de fiel.

« Dans ce cas, puis-je vous suggérer ce modèle-ci, très seyant et d'une grande élasticité, pouvant convenir en de nombreuses *situations*. »

Indiscutablement le mot situation était lourdement allusif.

« Je pense que ce sera parfait, » dit Aristide pressé d'en avoir terminé.

« Dois-je faire un petit paquet ? »

« Non, non, c'est pour... heu, eh bien... pour un usage... domestique. »

Domestique ! Inconsciemment, il était entré dans un jeu équivoque. La marchande lui lança un coup d'œil entendu.

« Fort bien. Voici Monsieur, cela fera 60 E » ajouta-t-elle, non sans malice.

Aristide fouilla ses poches et paya d'un billet fripé et humide. Il était sur le point de sortir lorsqu'il entendit, pour la première fois, la voix un peu aigre de la cliente :

« Passez une bonne soirée, Professeur, et veuillez saluer Madame Poiret de ma part, je vous prie. »

Promptement, Aristide se retourna, considérant la femme avec un peu plus d'attention. Il l'avait déjà rencontrée quelque part ! Mais où ? Mon Dieu oui, c'était elle, maintenant il la reconnaissait ! Comment avait-il pu oublier ce visage ? Ce petit béret ridicule ? Tout allait mal pour lui. Que se passait-il donc ?

« Je n'y manquerai pas, Madame Chenillard, soyez-en assurée. Je vous souhaite le bonjour. »

Ding ding direling dong...

Le soir tombait. La pluie s'était un peu calmée. Aristide devait recouvrer ses esprits. Depuis la matinée, les émotions se succédaient. L'homme à tête de mammouth revint à sa mémoire, menaçant et sinistre. Il prit la décision de marcher un peu dans la ville avant de retourner chez lui. Alexandre ? Il ne manquait de rien, il l'avait arrosé le matin.

* * *

Chapitre 19

De quelle manière Aristide Poiret se trouva-t-il dans les parages de la rue Saint-Denis vers sept heures du soir ? D'aucuns disent qu'il marcha simplement vers l'ouest.

Quoi qu'il en soit, un homme seul ne peut, dans ces régions à haute teneur érogène, demeurer longtemps étranger aux sollicitations de personnes accortes.

La rencontre se fit à l'angle de la rue de Tracy. De l'arrière d'une vieille moto, freinant brutalement, une femme fut projetée plutôt qu'elle ne descendit sur le trottoir mouillé :

« Va donc bosser salope ! »

« T'es qu'un fumier Raymond ! »

Ces deux répliques constituèrent l'essentiel des propos qu'échangèrent les passagers de la motocyclette. Emportée par l'élan initié par le *déchargement*, la passagère se tordit la cheville et vint buter tout droit contre Aristide.

« Tu m'le paieras, connard ! »

Le professeur leva les yeux, surpris. Devant lui se tenait une femme abondamment fardée, vêtu d'une robe très courte, en lamé grenat.

« Y m'a fait mal, ce salaud ! »

La femme s'était appuyée contre lui, tenant dans une main l'une de ses chaussures dont le talon était cassé.

« T'appelles ça un homme, toi ? »

Aristide ne sut que répondre.

« Tu m'as tout l'air d'un mec gentil, reprit la femme, s'appuyant un peu plus sur l'épaule du professeur Poiret, tu viens ? »

Elle sentait l'alcool et le mauvais parfum. Il tenta de trouver une excuse :

« Pardonnez-moi, mademoiselle, je crains d'être attendu et... »

« Ah, s'qu'y peut être con, ce taré ! »

A nouveau, elle vociférait, se tenant la cheville. Sa voix était puissante, théâtrale, un peu déclamatoire. Plusieurs passants se retournèrent, jaugeant le professeur d'un œil sévère.

Elle ajouta, un ton plus bas :

« Allez viens, mon chéri, j'peux plus marcher, tu vas m'accompagner. » Elle sauta sur un pied, tout en faisant tournoyer son sac, toujours cramponnée au bras d'Aristide.

Il entrait dans l'éducation du professeur Poiret une certaine galanterie, de même qu'une aversion profonde pour les grandes démonstrations publiques. Il escorta la jeune femme jusqu'à la porte de son immeuble.

« Tiens ça, dit-elle, lui tendant la chaussure, pendant que je cherche mes clés. » Elle fouilla longuement dans son sac débordant d'une multitude de choses, et finit par ouvrir.

« Passe devant que je me tienne. »

Bien malgré lui, et sans qu'il eût pu formuler la moindre objection, il se retrouva dans un long escalier, humide et sombre, la femme toujours accrochée à son bras.

« Monte, c'est au troisième. »

En chemin, ils rencontrèrent une autre fille, un peu plus jeune, haut bottée, accompagnée d'un homme en costume gris.

« Eh, Mireille qui c'est qui t'as arrangée comme ça ? »

« Ce salaud de Raymond, il va me le payer. »

Ils arrivèrent sur le palier. La porte n'était pas verrouillée.

« Entre ! »

« J'ai le regret de devoir, à présent, prendre congé de vous... »

La voix de la femme se fit soudain plus grave, plus chaude :

« Allez chéri, fais pas d'histoire, l'amour ne fait d'mal à personne. »

Elle le tira fermement par la main.

La pièce était petite, sommairement meublée. Le lit occupait l'essentiel de l'espace. Il y avait aussi, tout près de la fenêtre, aux rideaux tirés, une petite commode couverte de flacons, surmontée d'un miroir. Dans le coin opposé, une petite table supportait un téléviseur. Pour seule décoration quelques photos ornaient les murs.

Dès qu'elle fut entrée, la jeune femme s'assit sur une chaise, puis elle se frotta la cheville.

« J'étais actrice, » dit-elle, montrant de la main les photos sur les murs.

Les bras croisés, Aristide considéra les vieux clichés jaunis. Beaucoup représentaient des troupes de très jeunes acteurs.

« J'ai été à l'école, répertoire classique, » dit la femme, non sans quelque fierté. Elle récita avec emphase :
Quel crime avez-vous fait que d'être malheureux ?

Aristide reconnut l'Œdipe de Corneille. Son père en citait autrefois des passages. Mais, dans l'instant, il était absorbé par l'image du visage attentif, tendu, rayonnant, d'une assez jeune fille, vêtue d'un habit de servante, sur lequel semblait se concentrer toute la lumière de la photographie. Il scruta ce visage. Non, se dit-il, l'innocence ne porte pas en elle les germes de la corruption, mais la corruption se nourrit des blessures de l'innocence. Il y avait entre le regard extatique, à jamais figé, de la jeune fille et celui, dépravé et défait, de la femme qui était près de lui, un abîme rempli de misères et d'échecs, de grandes et de petites déceptions, de dérives inexorables. Et pourtant, les deux visages étaient ceux de la même personne. En lui-même, il répéta :
Quel crime avez-vous fait que d'être malheureux ?

« On paye à l'avance, chéri. »

Il sursauta, ramené avec brutalité à des considérations bassement prosaïques.

La proposition peu honnête de la dame ne suscitait en lui aucun trouble appétit ; mais refuser lui parut discourtois et blessant. Aristide était, foncièrement, d'une nature généreuse. Il ne savait pas dire non. Par une sorte de rhétorique rédemptrice, il se convainquit que l'ampleur même du sacrifice qu'il allait consentir ôterait à ses agissements tout soupçon de louche complaisance. En paladin de la galanterie, en martyr de la fornication, il extirpa du fond de ses poches quelques billets humides.

La femme s'en saisit et les fourra prestement dans son sac.

« Le lavabo est dans le coin, là-bas ; tu te laves et tu mets ça »:

« Bandex, la protection proche de l'abstraction. Usage externe. Ne pas avaler. »

Un court instant plus tard, le professeur Poiret sortit de la salle de bain. Tant bien que mal, il avait pu assujettir, à la partie idoine de son anatomie, la fine pellicule de latex transparente. La jeune femme s'était couchée, la jupe retroussée, un triangle d'astrakan noir posé sur sa peau blanche, misérable odalisque tenant son sac à main !

« Allez tu viens, mon chou. »

Aristide progressa vers la couche, traînant les pieds. Traîtreusement, le miroir renvoya son image : la barbe avait poussée, les joues s'étaient vidées sous l'os saillant de ses pommettes. Ses yeux brillaient d'un éclat singulier, apeurés, effrayants ! C'était ainsi que devait le voir cette femme allongée. Que pensait-elle de lui, en cet instant précis ? Il vit aussi le bas de ses jambes velues, dépassant de sa veste trop longue, et cette enveloppe blanchâtre ridiculement enchâssée sur l'extrémité de son membre.

Nonobstant la relative flaccidité de ce dernier, il parvint à s'unir à elle en une étreinte à laquelle la présence du sac à main ôtait beaucoup de son intimité.

Aristide œuvrait, de son mieux, pressé d'en avoir terminé. La fille, de son côté, pour les mêmes raisons, consentit quelques efforts supplémentaires et méritoires. Néanmoins, le début d'une solution entre les deux partis tardait à voir le jour. La négociation en était au point mort et les concessions réciproques n'aboutirent à rien.

Épuisé, Aristide fut sur le point de tout abandonner. Il sortit un mouchoir de sa poche pour s'essuyer le front.

Un jour que j'étais allongé près d'une horrible juive,
Comme au long d'un cadavre un cadavre étendu,
Je me mis à songer près de ce corps vendu
A la triste beauté dont mon désir se prive.

Baudelaire, la petite culotte ! Il sentit la soyeuse douceur caresser son visage.

Aussitôt ses ardeurs furent multipliées.

Apollinaire, Aragon, Calaferte...

Et le divin marquis !

La mécanique du professeur, grippée après une longue inaction, se remit brutalement en branle. Les premiers mouvements, poussifs et arythmiques, trahirent les efforts accomplis contre la corrosion. Mais bientôt, la machine libéra sa puissance. Chaque pièce donnait à plein régime, glissant, s'emboîtant, coulissant, en un rythme allant s'accélérant. Il crispa les mâchoires, ferma les yeux...

Curieusement, ce fut le visage de sa voisine, Ludivine Beaufort, qui se dessina dans l'esprit d'Aristide, juste avant, qu'en noir et blanc, les terribles canons du cuirassé Potemkine déchargeassent une grêle d'obus.

Le conciliabule prit fin.

On eût dit que flottait dans la pièce une petite odeur de caoutchouc brûlé.

« Ben, toi alors, mon gros loup ! » murmura la femme, avec dans le regard quelque chose qui rappela à Aristide la candeur de la photographie.

Un peu mal à l'aise, comme il arrive quelquefois après qu'ont été satisfaits avec un excès de violence, certains de nos désirs, Aristide se rhabilla en hâte. Toutefois, il se proposa, en homme courtois, d'octroyer à sa partenaire une petite gratification supplémentaire, et en un sens compensatoire. Il déposa sur la commode quelques nouveaux billets.

C'est alors que ses yeux tombèrent sur ce qu'il crut d'abord un *prospectus* publicitaire :

Communiqué n° 4
Au nom de Dieu Tout Puissant, les Croyants de la Vraie Foi rappellent que l'Homme est la création du seul Maître de l'Univers, tel qu'il est dit dans la Sainte Écriture. Aujourd'hui l'impie **Aristide Poiret**, suppôt de l'Antéchrist et de l'Évolutionnisme blasphématoire a reçu la première leçon. Il en recevra d'autres !
(...)

Aristide demeura un moment, bras ballants, sans comprendre, l'esprit noirci de doute, en proie à un vertigineux malaise.

Il eut seulement la force de se retourner vers la femme, le papier à la main :

« D'où tenez-vous ceci ? Qui vous l'a apporté ? »

« Des histoires à Raymond, dit-elle. Il se fait un paquet de pognon avec ça. Moi, j'en vois jamais la couleur, tu parles ! »

Aristide revit le type sur la motocyclette.

Il voulut en savoir un peu plus, mais la femme le coupa durement :

« On a passé un bon moment, pas vrai ? Alors maintenant tu te casses. T'occupe pas de cette histoire, ça vaudra mieux pour toi. »

Était-ce la différence d'éducation ? ou bien seulement le registre de langue ? Aristide sentit qu'il ne devait pas insister davantage. Il prit congé.

* * *

Chapitre 20

A̲lphonsine disparue !

L̲e soir tombait sur le Jardin des plantes. La jeune fille n'était toujours pas revenue de mission et n'avait donné aucun signe de vie ; ce comportement ne *cadrait* pas avec ses habitudes. L'Agent Chef Castagnol tournait en rond dans le bureau de Surveillance du Muséum d'Histoire Naturelle, en proie à l'inquiétude la plus vive. Le Wallon et le Furet, qu'Alphonsine était chargée de retrouver, pouvaient à l'occasion se montrer dangereux… Despentes observait le Chef un peu craintivement. Il n'aimait pas le voir dans cet état. En général, l'irritation rendait sa conduite arbitraire, et, immanquablement, c'était lui qui en faisait les frais. Pourtant, il savait bien que Castagnol nourrissait, assez secrètement, pour ses subordonnés, une affection sincère. Fût-ce au péril de sa vie, il ne les eût abandonnés. Cependant, un autre événement était de nature à accroître d'autant l'irascibilité du fougueux personnage : depuis trois jours, il avait cessé de fumer !

Nom d'un chien, Despentes, nom d'un chien ! Mais où est-elle passée ? L'un des sourcils s'égara un instant à la lisière des cheveux drus, descendant sur le front. Le Chef fourra rageusement la main dans sa poche pour en extirper un petit cube de gomme à mâcher *Nicobisque,* qu'il se mit à mastiquer avec un gonflement significatif de tous ses maxillaires.

B̲ip, bip, bip, bip…

On entendait de temps à autre un petit bruit de sonnerie.

Par altruisme pur, Castagnol se résolut à dire :

« Votre stimulateur, Chef, on dirait qu'il sonn... »

« Eh bien, qu'il sonne ! Croyez-vous que je ne l'entende pas ? »

Nerveusement, le chef sortit de la poche intérieure de son veston une espèce de boîtier noir, de forme ovale, muni d'un fil qui pénétrait dans l'épaisseur des vêtements. Il actionna une toute petite manette. Le bruit cessa.

Depuis longtemps, le Chef vivait sous la menace constante d'une crise cardiaque. En attendant l'opération, sans cesse repoussée, on avait installé sur lui cette forme de stimulateur externe, d'une haute technologie, réglable à volonté, relié à des électrodes collées sur sa poitrine. Mais ce dispositif n'était que la partie visible d'une étonnante collection d'appareillages que renfermait son corps. Pour la petite histoire, nous devons rappeler que cet homme avait été, dans sa jeunesse, *un sacré baroudeur*. Sitôt quittées les hautes terres cévenoles, il avait servi dans la *Légion Étrangère*, avant d'incorporer les Services de Renseignements Extérieurs. On ne comptait plus le nombre de ses missions, notamment en Afrique et au Moyen Orient. Parachuté en plein désert, sans vivres et sans boisson, il était capable de parcourir, tel un pigeon voyageur, des centaines de kilomètres pour rejoindre sa base. De cette période glorieuse, il avait gardé un goût immodéré pour les cactus et les palmiers ainsi qu'un certain nombre d'éclats d'obus et autres balles, logés ici ou là dans sa carcasse vigoureuse. L'une de ces balles naviguait quelque part, à l'intérieur de son cerveau, et provoquait parfois chez lui des formes de *trous noirs,* ou crises de catalepsie, très spectaculaires. Le poste qu'il occupait au Muséum lui avait été octroyé pour services rendus. On avait toléré, en outre, vu son goût pour la végétation tropicale, qu'il installât ses services près de la Grande Serre.

Justement, Castagnol regardait les palmiers pendant que Despentes cherchait dans l'aspirine à calmer ses blessures au visage, causées par le portillon du métro, et qui recommençaient à lui faire très mal. Décidément, cette idée du mammouth...

Driiiiiiing....

Le téléphone, cette fois : hôpital de la Salpêtrière... Alphonsine Le Gouverneur... Retrouvée dans la rue... inconsciente... Sa carte... Le Muséum...

« On arrive... »

Les deux hommes sautèrent dans la Renault Twingo de Despentes, et partirent, pied au plancher.

A l'hôpital, Alphonsine se sentait bien. N'eussent été le bourdonnement de ses tempes et les petits tuyaux qui pendaient autour d'elle, elle eût pu se croire, par une belle nuit, confortablement installée dans sa chambre. Son esprit semblait flotter mollement dans le pays des rêves. A cet instant, elle était une belle jeune fille revêtue d'une armure d'argent. « Bouter les Anglois hors de France. », elle entendait très clairement ces mots sans parvenir à les comprendre. « Bouter les Anchois hors de France ? » Alphonsine avait, à son côté, une grande épée étincelante. Elle chevauchait à travers des plaines brûlées. De grandes silhouettes de cathédrales s'élevaient dans des lointains brumeux. Elle boutait, c'était très agréable. Son cheval s'envolait vers les cieux peuplés de personnages ailés...

« Alors ma grande, tu nous en joues des tours ! »

Une voix familière... Alphonsine ouvrit ses grands yeux verts. Telle qu'elle était, le roux de ses cheveux étalés avec grâce sur le drap blanc du lit, très pâle, elle semblait plus jolie que jamais.

« On est content de te revoir, tu sais, on s'en est fait, du souci ! »

Une lueur dans le regard :

« Mais où je suis ? Pourquoi vous êtes là ? »

Patiemment, les deux hommes lui donnèrent quelques explications : les deux voyous, Robert Pyrides et Raymond Larlane, le professeur Poiret...

Doucement, la mémoire lui revenait et la douleur aussi.

« Oh, oui, je me rappelle, ces deux types... je leur ai demandé qui... Le gros poisson... Celui qui... Ils ont dit que.... que... »

Castagnol et Despentes étaient penchés sur elle, attendant impatiemment la suite.

« Y s'appell'... Balthazar... Balthazar... Nem... »

Les deux collègues se regardèrent avec perplexité, la voix d'Alphonsine devenait pâteuse, presque inaudible ; le temps pressait pourtant.

Castagnol demanda :

« Rien d'autre ? Essaie de réfléchir, encore un petit effort, ma jolie. »

« ... Le grand ... le Wallon ...il a parlé de quelque chose ...avec Dieu,... de bondieuseries... oui, c'est ça, il a dit : *tout un bazar de bondieuseries...* »

Alphonsine, fermant les yeux, retomba dans ses rêves héroïques.

On frappa, c'était une infirmière.

« La visite est terminée, Messieurs ! Mademoiselle Le Gouverneur doit prendre du repos. »

Castagnol et Despentes se dirigèrent vers la sortie, se promettant de revenir, sitôt qu'ils le pourraient.

Qui pouvait bien se cacher sous le nom de *Balthazar Nem*... Castagnol se le demandait bien.

« Nem...? Un Vietnamien peut-être, » hasarda Despentes, qui souhaitait détendre l'atmosphère.

« Je n'en attendais pas moins de vous, mon vieux, souffla durement Castagnol, la situation est d'un comique irrésistible ! »

L'os du Toufoulkanthrope

Maintenant la Renault Twingo parcourait les rues à vive allure, la vitesse étant, comme on le sait, le dernier rempart contre le spectre de l'impuissance. Les deux collègues ne disaient mot ; seul le bruit de succion qu'exerçait le Chef sur son cube de Nicobisque couvrait de temps à autre le vrombissement du moteur.

Castagnol s'en voulait de s'être montré dur avec son associé. Il l'aimait bien, quoique parfois il le jugeât trop *mou*. Il demanda :

« Alors, Castagnol, votre fiston, toujours dans la musique ? »

« Ne m'en parlez pas chef ! Cette histoire de rap paléolithique lui a pris complètement la tête ! Alors vous imaginez après le concert de cet après-midi ! Il s'habille comme un sauvage et ne fait plus rien à l'école. Et encore ce n'est pas tout. Le dimanche, avec ses camarades, il se balade dans les égouts, habillé comme un diable ! Du gothique ou quelque chose comme ça ! N'importe quoi. Ah bon Dieu ! pas facile les enfants, de nos jours... »

Maintenant les hautes grilles du Muséum se dressaient devant eux.

Les deux hommes se retrouvèrent dans le bureau, près de la Grande Serre. Castagnol avait mal aux gencives.

Évidemment, leurs recherches dans l'annuaire et sur les *pages jaunes* restèrent infructueuses. Aucun Balthazar Nem... n'y figurait, bien sûr. Le Chef se sentait las, découragé, malade. Le manque de tabac opérait en lui son œuvre de sape, détruisant peu à peu les barrières qu'avaient dressées, des décennies durant, les lourds nuages de fumée, comme des sacs de sable étayent les fortifications. Une fois de plus il se força à se remémorer l'image de *la caverne de goudron*. Deux jours plus tôt, un ami de bon conseil l'avait envoyé chez un hypnotiseur, contempteur réputé de l'horreur tabagique. Pouah ! D'alvéoles bouchées en artères suintantes, il avait longuement plongé, par la pensée, dans des mares de nicotine immonde, pataugé dans les égouts fuligineux de ses propres poumons.

Les égouts ! Castagnol ressentit des élancements assez vifs à l'omoplate gauche. On lui avait fixé, bien des années auparavant, une plaque de caldium pour réduire une fracture qu'il s'était fait lors d'un stupide accident de chameau, quelque part en Syrie. Le métal, probablement magnétisé tandis qu'il sabotait une usine atomique dans le sud du Caucase, se rétractait lorsque la solution d'une énigme était proche, de la même manière que l'aiguille d'une boussole s'oriente vers le Nord. Ainsi ressentait-il, chaque fois qu'une piste sérieuse se présentait à lui, les effets douloureux de la dilatation, ce qui mettait son esprit en éveil. Cette particularité très rare l'avait beaucoup aidé au cours de ses enquêtes. Il se retourna vers Despentes :

« Vous m'avez dit, Despentes, que votre fils avait tendance à s'adonner aux cultes sataniques, dans les égouts, le dimanche avec ses camarades ? »

« Hélas oui, Chef, une sacrée habitude encore ! Les jeunes... »

« Et je suppose qu'ils utilisent pour ce faire un certain nombre d'accessoires, ou si vous préférez, Despentes, toutes sortes de...*bondieuseries* »

« C'est bien vrai, ajouta Despentes, soudain plus attentif, une sacrée panoplie de tous ces vieux machins ! »

« Et votre fils et ses petits amis doivent bien se procurer *tous* ces *vieux machins* quelque part ! Vous me suivez, Despentes ? Un **bazar de bondieuseries**, par exemple ! » Le sourcil droit se tenait à l'arrêt.

Aucun doute, Despentes avait suivi avec la plus vive attention.

Les élancements maintenant redoublaient dans l'omoplate de Castagnol.

L'os du Toufoulkanthrope

« Vous allez tout de suite contacter votre fils, je sens… Je sens… »

Le pauvre Castagnol ne put continuer, la douleur devenait bien trop vive.

* * *

L'os du Toufoulkanthrope

Chapitre 21

  Félix Despentes, à plusieurs reprises, tenta de téléphoner à son fils qui devait se trouver chez lui. Mais, invariablement, la ligne demeurait occupée. Il n'était pas rare que son garçon, Didier, restât des heures au téléphone, discutant de tout et de rien avec ses camarades ; une habitude qui lui coûtait fort cher. Félix habitait rue de l'Épée de Bois, non loin du Muséum, dans un petit appartement. Il décida donc d'y *faire un saut,* à pieds.
  Chemin faisant, il sentait l'anxiété l'envahir. Il avait un peu peur de ce qu'il trouverait en arrivant chez lui. Didier et ses copains devenaient plus envahissants chaque jour, surtout depuis qu'ils s'étaient mis au *rap*. Plusieurs fois, ces derniers temps, Félix, après le travail, avait retardé le moment de regagner son domicile. De là, lui était née l'habitude de boire, dans un *bistrot* du coin, un *demi*, parfois deux, quelquefois un peu plus… Il en éprouvait une sorte de honte et se sentait coupable. Avec Didier, les choses avaient changé d'une façon soudaine. Le garçon naïf et souriant, qui travaillait bien à l'école, s'était mué en créature hybride, ni enfant, ni adulte. Autrefois on l'eût nommé *adolescent.* A présent, faute d'un terme plus précis, on disait *jeune*. Le *jeune* en l'occurrence, se présentait comme une longue souche que d'immenses *baskets* en forme de vaisseaux planétaires arrimaient péniblement au sol. Le crâne, dont on avait méticuleusement gommé toute pilosité, affichait avec force des reliefs montueux et grisâtres, à la manière d'un champ de chaume. Seul, le pli se trouvant sous la lèvre inférieure, arborait une touffe, mal implantée, de poils rares et raides. Les oreilles et une aile du nez étaient percées de quelques boucles, et autres clous. Ainsi en allait-il des modes, Félix le comprenait. Par ailleurs son gamin n'était pas *mauvais bougre*. Il conservait de sa nature primitive

beaucoup de spontanéité, ne dissimulant rien. Il vivait sa vie, voilà tout, sans écouter son père...

Dans la cage d'escalier, Félix croisa son voisin du dessous qui le toisa avec mépris, tenant son dogue en laisse, bête rare, énorme, terrifiante, qui se tortillait en tous sens. Le pelage du chien ressemblait au crâne de son fils. De plus en plus souvent, à mesure que les escaliers de l'immeuble se remplissaient des mines patibulaires des copains de Didier, le voisinage manifestait ouvertement une certaine aigreur. Félix savait bien ce qui se murmurait : l'agent de sécurité Despentes était incapable d'établir l'ordre dans sa propre maison ! Il en souffrait beaucoup. D'autant qu'il y avait d'autres *jeunes* tout à fait *convenables* qui fréquentaient les lieux, à commencer par les fils du voisin qu'il venait de croiser. On les voyait toujours, véhiculant avec beaucoup d'entrain, de lourds cartables, de gros sacs de sport ou des caisses d'eau minérale, obtempérant aux ordres de leur père avec la même docilité que le terrible dogue. Sans pour autant avoir un naturel envieux, il était advenu que Félix souhaitât que l'un des fils dociles commît un jour une grosse et retentissante bêtise. Mais le trio restait irréprochable, traversant les écueils de la puberté et de l'adolescence comme de bons navigateurs se jouent de la tempête !

Félix se retrouva chez lui.

A grand fracas, la musique passait au travers de la porte.

Chung, chung, chung, boum, boum, chung...

La gorge nouée, il ouvrit.

Chung, chung, chung, boum, boum, chung...

Un nuage de fumée âcre recouvrait tout. Ici ou là, des ombres se mouvaient. On avait fermé les fenêtres. Peu à peu, ses yeux s'accoutumèrent à l'obscurité de la pièce. Des *jeunes*, il y en avait partout ! Quelques têtes rasées se désarticulaient avec des gestes brusques, accompagnées de minces silhouettes, montées sur d'immenses semelles, exposant leurs nombrils. On dansait. Le milieu du salon n'était qu'un tas informe d'instruments de musique, de vêtements, d'objets divers à peine identifiables.

Une fille hystérique braillait au téléphone :
« Tu es mon chouchou adoréééééé ! ! ! »

Félix cherchait son fils des yeux. Il devait être ailleurs. Il parcourut les chambres, occupées par des couples enlacés. Il entendit grincer les ressorts de son lit ! Son lit ? Nulle part, il ne trouva Didier. La cuisine avait été pillée. Le frigo béait, dépouillé de tout contenu comestible. Les bouteilles s'amoncelaient un peu partout, abandonnées, sitôt vidées, en équilibre pathétique.

Chung, chung, chung, boum, boum, chung...

Un jeune encagoulé, à la manière d'un pénitent, était accroupi dans un coin du salon. Sur la poitrine il arborait un crucifix ancien de couleur noire. Félix vint s'asseoir près de lui. Le jeune confectionnait un *joint* avec application, à la lueur d'un morceau de chandelle, posé sur une pochette de disque, l'un de ceux de sa petite collection des années 70. Il y tenait beaucoup, avant ! Sa collection ? Tout était *scratché* maintenant, inécoutable. Qu'importe ! Le matériel n'était pas important. Son voisin effritait consciencieusement sa *barrette*.

Félix se pencha vers la silhouette du pénitent, raide et énigmatique.

« Tu ne sais pas où est Didier ? »

Le rouleur de *pétard* ne leva pas les yeux.

« Hein ? »

On ne s'entendait pas.

« DIDIER ? »

« CONNAIS PAS ! »

« LE GARS QUI HABITE DANS CET APPARTEMENT ! »

« AH, SHRANCK ! »

Shranck! Il se faisait appeler Shranck !

« OUI, C'EST CA ! OU IL EST ? »
« CHSAIS PAS, PARTI. »
« OU ? »
« CHSAIS PAS, FLIPPAIT, JE CROIS. »
« FLIPPAIT POURQUOI ? »
« SON PERE ! »
Félix n'en crut pas ses oreilles, il hésita puis demanda :
« QUOI SON PERE ? »
« S'OCCUPE PAS D'LUI, MEME PAS VENU A SON CONCERT, ET Y S'EST MIS A PICOLER ! »
Félix se sentit défaillir. Des larmes naissaient au creux de ses paupières. Son voisin lui passa le pétard. Il avait envie de crier. Un nom se formait douloureusement dans sa gorge. Pourquoi tu n'es pas là ? Il lui en voulut presque. Mais l'on ne peut en vouloir à ceux qui sont partis. Il eut honte de ce premier mouvement de son âme. Excuse-moi, chérie. Elle s'en était allée, très vite, presque à la sauvette. Une petite boule sous la peau, d'abord, et puis la lente inexorable fuite. Il refusait toujours d'y croire, il n'en parlait jamais, il chassait ces idées de sa tête. Les blessures de son visage se ravivèrent au contact de ses larmes.
« TU VAS LE FUMER SOLO, MEC ? »
Son voisin lui réclamait le joint ; il le rendit. Félix avait envie de fuir, sortir de cet appartement, rejoindre son épouse...
Il allait se lever quand il se rappela : sa *mission* ! Sa mission ? Le mot lui parut ridicule. Il frappa sur l'épaule de son voisin et lui montra le crucifix :
« TU SAIS PAS OU JE PEUX TROUVER UN TRUC COMME LE TIEN ? »
« PAS D'PROBLEME, CHEZ BALTHAZAR, BALTHAZAR NEMRODE, IL EN A PLEIN, » répondit le cannabissomane.
« OU IL HABITE ? »

L'os du Toufoulkanthrope

« RUE DU PUYS DE L'EVEQUE. DIS-LUI QUE TU VIENS DE MA PART, SHYLLOCK, JE M'APPELLE. »

Félix ne perdit pas de temps en vaines politesses, il partit, ou plutôt il s'enfuit de chez lui. De chez lui ?

* * *

L'os du Toufoulkanthrope

Chapitre 22

Dès qu'il fut dans la rue, Félix, à grands pas, fonça vers le Musée, l'esprit assailli de nombreuses pensées se chevauchant de manière confuse. Tout d'abord, il faudrait qu'il ait, avec Didier, une conversation sérieuse. Il lui dirait combien il aurait préféré assister au concert plutôt que... jouer les Mammouths à Nogent ! Non, cela il n'en parlerait pas ! Il dirait qu'il menait une enquête, une façon beaucoup plus élégante de présenter les choses. La vie d'un homme était en jeu, tu comprends, mon petit ? C'était d'ailleurs l'exacte vérité. On était sans nouvelle du professeur Poiret. Peut-être était-il déjà mort ? De redoutables organisations terroristes menaçaient des siècles entiers de labeur scientifique. C'était la Vérité que l'on défiait d'une façon perfide. Qu'on se rassure, elle était défendue avec abnégation. A l'instant même, lui, Despentes, ton propre père mon cher enfant, venait de découvrir où se cachait la bête immonde de l'obscurantisme. La fierté l'envahissait soudain. Félix Despentes découvre seul le repaire de fanatiques dangereux. Non, ce n'était que mon devoir, garçon. Merci Monsieur le Directeur. Duclap, en personne, avait tenu à le féliciter...

Son esprit fonctionnait d'une manière étrange. Il pensait, et se voyait penser. Sa conscience avait adopté un point de vue nouveau, comme sujette à un imperceptible glissement sensoriel, un décalage infinitésimal des perspectives, qui pourtant transformait sa perception du monde. Les choses autour de lui en étaient affectées. L'impact des gouttes sur les flaques, l'écorce des marronniers, le bruit de ses semelles... Il y avait aussi cette frontière qui s'était dessinée entre l'intérieur de lui-même et le reste du monde. Parfois passaient devant ses yeux des taches colorées, organiques, bourgeonnantes, ou bien des formes d'une géométrie mouvante ... Il avait même envie de rire, sans qu'il sût exactement pourquoi. Quelque chose paraissait l'aspirer ! Sa tête, son cerveau, sa boîte crânienne, étaient devenu comme un compartiment étanche. Félix Despentes, capitaine de son cerveau ! Allô, caisson de neurones numéro deux, en action, bien reçu. Navette occipitale prête à décoller, Muséum d'Histoire Naturelle en vue, paré pour l'atterrissage !

Le haschisch produisait son effet. Le dénommé Shyllock avait eu la main lourde.

Les grilles sévères du Muséum freinèrent quelque peu ses élans, le ramenant à des considérations beaucoup plus terre à terre. L'image austère de Castagnol occupa tout son champ cérébral. Son estomac se contracta de façon douloureuse.

Il serait très abusif de croire que Félix n'appréciait pas le Chef, il lui devait beaucoup.

En effet, ce dernier lui avait procuré son emploi et appris le métier. Cependant, non sans quelque dépit, il avait constaté que Castagnol le cantonnait toujours aux missions subalternes, alors que lui-même et Alphonsine se partageaient les tâches les plus nobles. Il en avait été ainsi quelque deux ans plus tôt lors de l'affaire des *Cristaux géants*[2] et plus récemment encore à l'occasion de la sulfureuse histoire du *Satyre du Jardin des Plantes*[1]. De même, Félix supportait de moins en moins le paternalisme bourru dont il était l'objet de la part de son supérieur hiérarchique, d'autant que le sevrage tabagique ne faisait qu'aggraver les choses. Chaque fois qu'il avait tenté de s'en plaindre, Castagnol, sourcils dressés, l'avait regardé en penchant légèrement la tête, la main sur son épaule:

« Que diable avez-vous Despentes ? Laissez moi m'occuper de cela et faites, tout simplement, comme je le demande. »

---

[2] Du même auteur, dans la même collection.

Immanquablement, il était resté coi.

Cette fois, les vertus du haschisch lui faisaient voir plus clair. L'ébauche d'une révolte montait en lui. Il se promit que, désormais, il saurait se défendre.

« Alors Despentes, mais qu'est-ce que vous faites ? »

Félix sursauta, trop absorbé par ses pensées, il ne s'était pas rendu compte qu'il était arrivé.

« Rien, Chef. J'… J'ai le renseignement. »

« A la bonne heure ! Surtout ne vous précipitez pas pour le communiquer ! »

« Il s'appelle Balthazar Nemrode, il habite rue du Puits de l'Ermite ! »

On pouvait lire sur le visage de Félix une fierté bien légitime.

« Bon, j'y vais tout de suite, enchaîna Castagnol. Vous, prenez un balai, un seau, n'importe quoi, déguisez-vous en Employé de la Voirie et allez surveiller la porte du professeur Poiret, beaucoup de choses peuvent … »

« Mais… Mais… Chef… »

Castagnol le regarda en penchant légèrement la tête, puis il posa la main sur son épaule et dit :

« Que diable avez-vous Despentes ? Laissez-moi m'occuper de cela et faites, tout simplement, comme je le demande… »

Félix sentit monter en lui une sourde révolte, les mots se bousculaient pour sortir de sa bouche. Un peu trop sans doute, car le chef le devança d'une infime fraction de seconde :

« Vous avez les yeux rouges, mon vieux, mais d'un rouge ! »

Félix fut tenté de répondre :

« C'est parce que j'ai fumé… » mais se ravisa de justesse.

La main lourde et sèche de Castagnol lui pesa un peu plus sur l'épaule :

L'os du Toufoulkanthrope

« Je sais, mon vieux… votre femme, c'est dur, très dur, je comprends. Pour le garçon aussi, pas facile à cet âge. Mais vous pouvez toujours compter sur moi. Surtout n'hésitez pas… »

Castagnol enfila un manteau à la hâte, Félix se mit en quête d'un balai.

* * *

Chapitre 23

A cet instant, rue Lacépède, Ludivine mettait et enlevait ses nouvelles chaussures. Elles lui allaient parfaitement, soulignant avec beaucoup de grâce le galbe de ses jambes. Près d'elle, sur le lit, éparpillée comme après la bataille, s'étalait toute sa garde-robe. Depuis qu'elle était arrivée, elle vivait un drame. Tantôt les réalités lui paraissaient trop belles : l'avait-on invitée ? Elle avait dû rêver ! Qui donc pouvait encore s'intéresser à elle ? Tantôt au contraire elle eût souhaité que rien ne lui fût advenu : que signifiait cette proposition? Pourquoi avait-elle accepté ? Rien ne l'obligeait à tenir de sottes promesses. Non, non, elle n'irait pas au rendez-vous. Ah les hommes ! Elle les connaissait bien. Ce qu'ils cherchaient, mieux valait ne pas en parler!

Ludivine Beaufort allait et venait dans sa chambre sans que le disque qu'elle avait mis ne pût venir à bout de son excitation. Fidji, la chatte, errait entre deux portes, hérissée d'inquiétude. La *toujours jeune femme* regardait son miroir avec irritation, l'abreuvant de cette éternelle question : suis-je belle ?

Et le miroir, sans se lasser lui répondait toujours : mais oui, tu es belle.

C'était l'exacte vérité, Ludivine était belle, très belle, d'autant plus belle qu'elle s'était parée de tous ses beaux atours. Mieux encore, ce soir-là Ludivine était tout simplement divine, sa nouvelle coiffure lui allait à merveille !

Et pourtant quelque chose ne lui convenait pas.

Pour la vingtième fois elle s'observa des pieds jusqu'à la tête essayant de trouver le défaut qu'elle sentait en elle. Cette pointe d'imperfection cachée la mettant au supplice.

Et puis ce fut une révélation : Ludivine Beaufort n'avait pas de défauts ! De là venait le mal, un mal irrémédiable ! En cet instant elle comprit ce qui depuis longtemps la tenait à distance du monde, et des hommes surtout. Il eût fallu pour les séduire avoir, telle Cléopâtre, quelques traits un peu forts capables d'éveiller leurs appétits curieux : le sel d'une bouche trop large, le poivre de taches de rousseur, le piment d'une forte poitrine ! Au comble de la confusion, elle chercha dans les secrets des fards à gommer, rajouter, déplacer, transformer, par des ombres savantes les formes régulières de sa physionomie.

On peut voiler sans honte ce qui est disgracieux mais c'est un sacrilège de masquer la beauté. Lorsqu'à nouveau elle se tourna vers sa psyché, elle éprouva une vraie épouvante. Oh Ciel, de quoi avait-elle l'air, d'une... d'une... Oh mon Dieu !

La pauvre Ludivine fondit en larme et tomba sur son lit. De rage elle frappait son oreiller de furieux coups de poings. Sur le seuil de la chambre Fidji poussa un petit miaulement.

Lorsqu'elle se fut quelque peu apaisée, les yeux encore tout embués de larmes, Ludivine, animée d'une dignité un peu rêche et résolue à tout abandonner, décida de passer au salon. Il y avait une émission assez intéressante à la télévision. Néanmoins par hasard, de façon tout à fait machinale, elle jeta avec dédain un regard au miroir. Ce qu'elle y vit était du plus grand intérêt. Ses yeux, agrandis et gonflés par les larmes, brillaient d'un singulier éclat. Son maquillage avait un peu *coulé*, elle était décoiffée. Tout cela lui donnait un petit air farouche, un peu bohème, tout à fait ravissant. Enfin, elle était prête ! Elle jeta avec empressement son châle sur ses épaules, salua Fidji d'une petite révérence et sortit d'un pas décidé.

L'os du Toufoulkanthrope

On avait convenu du rendez-vous à Saint- Michel, près de la fontaine. Ludivine arriva avec un peu d'avance et Monsieur Abodium Mondaywee un retard léger. Tout de suite elle reconnut son immense silhouette admirablement découplée qui s'avançait vers elle. Non sans surprise elle remarqua qu'il tenait d'une main une mallette de voyage et de l'autre une espèce de grand plumeau sensiblement plus haut que lui se terminant par une immense houppe blanche.

« Très chère Mademoiselle, je suis absolument ravi de vous revoir, veuillez je vous prie pardonner mon retard et accepter de croire qu'il n'est dû qu'aux embarras de la circulation. »

Monsieur Mondaywee posa sa mallette, lui saisit délicatement la main et, s'étant baissé, très bas, y déposa un baiser avec cérémonie.

« Vous êtes absolument ravissante ce soir, » dit-il avec un beau sourire.

« Je vous en remercie, Monsieur, répondit Ludivine, sachez que moi aussi je suis heureuse de me trouver en votre compagnie. »

Le sourire de Monsieur Mondaywee se fit plus large et avenant encore. De l'air un peu espiègle qu'il affectionnait, il demanda :

« N'avez-vous rien remarqué, ma chère ? »

Ludivine fut sur le point de répondre d'un même ton :

« Oh si, je vois que vous avez apporté un balai avec vous ! » Mais elle se ravisa. Les règles de bienséance veulent que l'on s'étonne de ce qui ne suscite aucune surprise. Elle répliqua donc :

« Serais-je donc sensée remarquer quelque chose ? »

Monsieur Mondaywee eut un grand rire, clair et sonore :

« Eh bien oui, depuis que je suis aRRivé je n'avais pas encoRe Roulé les « R » ! »

A son tour Ludivine sourit. La voix de Monsieur Mondaywee était grave et chaude, très agréable, avec ou sans les « R »

« Vous devez être un peu surprise de mon accoutrement, Mademoiselle, poursuivit Monsieur Mondaywee, arborant avec résignation son immense plumeau. Je me suis rendu cet après-midi à un colloque paléontologique au Muséum d'Histoire Naturelle pour y jouer les fossiles vivants, j'y réussis très bien, m'a-t-on laissé entendre ! Et j'eusse volontiers déposé à l'hôtel cet objet, aussi discret qu'indispensable, si quelques milliers de chasseurs de mammouths n'avaient barré les rues ! Il m'a fallu près de trois heures pour avoir le plaisir d'arriver jusqu'à vous, avec dans cette malle toute la panoplie du parfait indigène. Ah, voyez-vous, mon père a de drôles d'idées. »

« Votre père ? S'enquit Ludivine. Il demande que vous portiez ce... »

« Cet éventail, Mademoiselle, il est la marque de notre dignité. Mon père est, dans notre pays, un homme très puissant, une espèce de roi. En tant que fils aîné, je me dois de le représenter, dans des fonctions protocolaires, comme cette après-midi par exemple ! » En riant, Monsieur Mondaywee fit mine d'entreprendre deux ou trois pas de danse..

Le cœur de Ludivine battit un peu plus vite. Le fils d'un roi ! En dépit d'idées marquées du sceau de l'anticonformisme, des couches séculaires de conditionnement féminin refirent soudainement surface. Le fils d'un roi ! Devant elle, de chair et d'os, le *Prince Charmant* enfin se matérialisait ! Son châle retomba avec plus de noblesse sur ses belles épaules. Elle porta sur l'immense éventail un regard empreint de gravité.

La nuit étaient tombée et les lumières de la ville se reflétaient sur les trottoirs mouillés. Comme on n'avait encore convenu d'aucun lieu pour dîner, Ludivine proposa de conduire Monsieur Mondaywee dans un petit restaurant qu'elle connaissait bien. Elle s'y rendait parfois avec certaines de ses amies, ou des collègues du bureau. L'endroit était calme, charmant, propice au tête à tête.

Tous deux continuèrent à deviser tout au long du chemin et la conversation devint plus familière.

« Vous pouvez m'appeler « Abo », avait dit Monsieur Abodium Mondaywee, c'est le nom que me donnent tous ceux qui me connaissent bien. »

Abo s'était remis à parler de son père, le roi Diweyeree Premier, un homme intègre et d'une bienveillante autorité. Cependant le souverain était aujourd'hui vieillissant. Longtemps dans le royaume les traditions ancestrales avaient tenu lieu de mode de gouvernement et l'image touristique galvaudée d'un peuple enraciné dans son histoire rapporté les quelques devises nécessaires à sa stricte survie. Abodium aurait voulu incarner l'image d'un pays plus moderne, maître de son destin, de même qu'il aurait souhaité que fût mis rapidement un terme à ce qu'il appelait *l'ère de la monarchie folklorique*. C'est ce à quoi il s'employait au travers d'associations, comme celle visant à la récupération des biens culturels spoliés, par exemple. Mais pour l'instant, il restait l'envoyé de son père, et tentait d'accomplir sa mission avec abnégation. Ses ambitions cependant restaient grandes pour le jour, le plus tardif possible, où peut-être il serait appelé au pouvoir... Abodium ouvrit les mains, levant les yeux au ciel.

Ludivine l'écoutait avec une extrême attention. Jamais elle ne s'était sentie aussi directement plongée dans le mystère des grandes décisions qui régissent le destin des hommes et changent la face des nations. Elle touchait du doigt la pâte même de l'Histoire ! Cela la passionnait. Ses yeux brillaient avec éclat dans la nuit parisienne.

L'os du Toufoulkanthrope

La porte discrète de la *Soupière d'Argent* s'éleva devant eux, coiffée de son auvent de toile blanche, joliment encadrée de petits buis taillés. Nous l'avons dit, Ludivine aimait se retrouver ici, dans un cadre très simple et pourtant raffiné. On y voyait beaucoup de femmes de son âge, désireuses de passer un moment agréable, loin du clinquant et des feux tapageurs des restaurants voisins. Abo s'effaça devant elle pour la laisser entrer. Le maître d'hôtel les conduisit jusqu'à l'étage par un court escalier. L'éventail de Monsieur Mondaywee, confié à un serveur, fut déposé dans un coin de la salle, non sans que Ludivine eût demandé que l'on veillât sur lui avec le plus grand soin.

Assez curieusement la présence du Prince semblait influer sur les lieux. Sa très haute stature posée sur un petit siège devant un guéridon nappé contribuait à faire paraître les choses plus petites, à commencer par les différents plats que l'on servit. La *terrine de lapereau aux herbes de Provence et son coulis de prunes sauvages*, paraissait tout à fait minuscule. L'homme des grands espaces n'en fit qu'une bouchée ! Plus encore, les lignes élancées et très pures de Monsieur Mondaywee, le modelé parfait de ses formes viriles, les proportions harmonieuses de son corps, puissant et souple, conféraient aux éléments de la décoration quelques chose de gauche et presque tortueux. Les commodes, les théières, la vaisselle de porcelaine, les vases, les chandeliers, les innombrables fleurs des nappes et des coussins, tout cela s'inscrivait dans l'espace comme le fruit de vains et maladroits efforts. Il apparut à Ludivine qu'elle pouvait considérer tout ce qui l'entourait, avec les yeux de Monsieur Mondaywee, selon une certaine perspective qui lui était nouvelle et totalement étrangère. Elle en éprouva un peu de surprise et de honte... Cependant, Abodium, bon Prince, fit semblant de ne rien remarquer. Il était d'humeur enjouée au contraire. *Le loup de mer à la créole*, proportionnellement pour lui de la taille d'une sardine, le trouva en pleines confidences. Il était l'aîné d'une famille de quinze enfants et par la taille le plus petit de tous. Un jour, le précepteur royal, un anglais strict à petite barbiche, avait eu cette stupide idée de faire installer un terrain de basket dans la cour du château. Ah, ah, ah! Prenait-on les princes du sang pour des simples d'esprit ? Les enfants s'étaient plaints à leur père ! Le précepteur fut congédié. L'on en revint aux jeux traditionnels, beaucoup plus amusants, la chasse au lion, par exemple.

Ludivine ne put s'empêcher de reprendre :

« La chasse au lion ! Mais ce doit être horriblement dangereux, n'est-ce pas ? »

« Tout à fait dangereux, dit Abo, affichant son plus beau sourire, et bien souvent mortel. Le lion doit être tué d'un seul coup de sagaie – Il mima en riant la scène à l'aide de sa fourchette- on dit que le chasseur est mort quand le lion est blessé. Dans mon pays tous les garçons sont priés de quitter le village quand ils atteignent onze ans et ne peuvent y revenir que vêtus de la peau de ce teRRible fauve... » De ses mains recourbées il imita les griffes du lion.

Maintenant Ludivine, les yeux à demi clos, rêvait. Abo parlait de son pays avec beaucoup de flamme. Elle devinait les grands espaces de savane rousse, parcourus de troupeaux, les arbres immenses, les lacs majestueux, les teintes ocre des falaises, les costumes colorés des femmes allant chercher de l'eau, les paysages sous la lune quand montent de la terre les lourds parfums du soir.

Comme envoûtée, elle demanda :

« Quand pensez-vous rentrer, Abo, retourner dans votre beau pays ? »

Abodium s'arrêta de parler, soudainement saisi d'un profond désarroi.

« Je dois repartir dès demain, dit-il, d'importantes affaires m'attendent, le roi est fatigué... »

Ludivine détourna la tête et fixa au loin quelque chose qu'elle ne voyait pas.

Monsieur Mondaywee prit sa main dans les siennes et sollicita longuement son regard.

Ludivine, je vous en prie, écoutez moi, veuillez croire à ma parole, jamais encore, je ne pense y avoir manqué. Ma chère, très chère amie, je me sens si bien près de vous, mieux que jamais je ne me suis senti avec quiconque, j'ai senti battre mon cœur dès que je vous ai vue. Je reviendrai bientôt, je reviendrai pour vous, je vous le jure...

Bien qu'elle sût que les larmes lui allaient bien, Ludivine retint ses pleurs. Abo allait partir. Il y avait comme un grand vide en elle, un sombre hiver s'était installé dans son cœur, il neigeait en son âme.

Il neigeait en effet, à gros flocons virevoltant dans la salle de la *Soupière d'Argent*. On entendit un brouhaha et quelques cris venant des tables voisines. Il neigeait, c'était pour le moins insolite, mais il neigeait.

« Qui a foutu ce fichu machin près de la bouche d'aspiration ? » s'écria une grosse voix.

Les choses devinrent un peu plus claires. L'éventail du prince avait été posé juste en-dessous du système de circulation d'air pulsé. Les plumes et les duvets d'émeus dont il était composé avaient été aspirés, broyés, puis refoulés par la machine, créant cette neige artificielle du plus étrange effet.

Un instant Ludivine redouta que le Prince ne prît ombrage du sort que l'on faisait aux insignes royaux. Mais au contraire, ce dernier riait à gorge déployée, d'un rire inextinguible et communicatif...

Il était l'heure de partir. A nouveau la pluie s'était mise à tomber. Abo insista beaucoup pour la raccompagner. Ils marchèrent en silence, se laissant mouiller par les gouttes. Elle se demandait ce qu'il pourrait lui demander quand ils seraient devant chez elle. Les hommes en général profitaient de l'instant pour certaines propositions... Que lui répondrait-elle ? Elle n'avait pas envie de le quitter. Cependant elle devait refuser. Elle se dirait très fatiguée, une autre fois peut-être, oh oui, une autre fois, Monsieur... Mais déjà elle ouvrait sa porte de la rue Lacépède. Il ne demanda rien, lui prit la taille et la suivit dans le grand hall décoré d'immenses plantes vertes...

* * *

Chapitre 24

Alors que Ludivine se laissait emporter avec délice par son destin de personnage historique, Geoffrey Chenillard rentrait chez lui en sifflotant. Il était tard mais la journée avait été propice. Le professeur pouvait s'estimer fier du travail accompli. De façon unanime, la fête paléontologique avait été jugée comme une réussite. Au demeurant elle avait été fortement arrosée et s'était terminée bien plus tard que prévu, dans un climat de liesse et d'euphorie. Que demande le peuple ?

La piste Carré-Lamanon s'était, elle aussi, révélée productive, au-delà même de toute attente. A l'évidence son message avait été reçu. Il fallait seulement attendre que le fruit mûrît et tombât de lui-même. Et Samantha ? Tomberait-elle aussi ? Il n'arrêtait pas de penser à elle. Quel bel exemple d'anthropométrie féminine! Cette femelle aurait fait se dresser jusqu'à l'os du Toufoulkanthrope !

Chenillard sifflotait de plus belle, heureux, rosette orange sur son costume bleu.

Entre autres choses intéressantes il avait rencontré le « Patron », Monsieur Vincent Duclap, Directeur Général du Muséum d'Histoire Naturelle.

« **De la très bonne ouvrage, professeur Chenillard,** avait déclaré ce dernier, **je vous en félicite.** »

Le « Patron » était un homme d'une étonnante discrétion. Si discret même, qu'on pouvait rester bien longtemps sans le voir. Des employés du Muséum, pourtant anciens, ne l'avaient aperçu que de loin. Son autorité se manifestait de façon homéopathique depuis ses appartements calfeutrés, au dernier étage du pavillon de botanique, qu'il ne quittait qu'exceptionnellement. C'était un personnage lisse, d'une politesse exquise, maniant avec dextérité des formules expurgées, qui, quelquefois, pouvaient paraître absconses.

Éminent entomologiste, fin connaisseur en poésie chinoise, on le disait aussi fils naturel d'un très haut personnage.

L'entretien, sollicité par Chenillard et qui selon lui revêtait une certaine urgence, concernait Aristide Poiret. Il se disait soucieux de ce qu'il convenait de nommer, avec toute la prudence requise, l'*équilibre mental* du fameux professeur. En sa qualité de proche collègue, et plus encore en tant qu'ami, il avait jugé nécessaire que la Direction, dont l'obligeance envers les personnels était connue de tous, fût contactée dans les meilleurs délais. Nul dans l'enceinte du Musée, ne devait ménager sa peine pour qu'aide et réconfort fussent apportés au *remarquable responsable du Département de Paléontologie Humaine* qui, depuis quelques temps, présentait des troubles alarmants. Sa prestation, toute récente, lors de la présentation de l'os du Toufoulkanthrope en fournissait assez la preuve…

D'un infime mouvement, entendu, des lèvres, le Patron coupa court à l'exposé que Geoffrey s'apprêtait à lui faire :

« *L'homme de science est un fou au milieu des fous*
 Mais il est seul à comprendre la folie des autres. »

Geoffrey était resté un peu désemparé devant cette réponse, mais il savait à quoi s'attendre avec Monsieur Duclap.

« Précisément, Monsieur le Directeur, ma qualité de scientifique me permet d'affirmer qu'Aristide Poiret… »

« *Pour fructifier la pousse de bambou doit traverser la terre.* »

Après ces fortes paroles, le Directeur s'était renversé dans son fauteuil, un vague sourire énigmatique aux lèvres. Lorsqu'il était ainsi, on avait du mal à savoir ce qui, du bureau d'acajou, des chaussures lustrées ou du crâne luisant, brillait avec le plus d'éclat. Ses grandes mains fines impeccablement entretenues, ici ou là tavelées de marques de vieillesse – de *retraite* pensait Chenillard – avaient un aspect caressant. Qu'il les posât sur son précieux sous-main ou sur les accoudoirs patinés du fauteuil, elles étaient animées d'un pouvoir d'onction quasi sacerdotal. Il avait repris la parole :

« Il va sans dire que le professeur Aristide Poiret est sans conteste l'un des plus éminents scientifiques que nous comptons dans nos murs vénérables, un chercheur hors pair animé d'une intuition proprement stupéfiante, mais aussi d'une exceptionnelle... vitalité. Or, que je sache, il demeure, à cinquante ans, ce que l'on a coutume de nommer un *célibataire endurci* ! Passé un certain âge, les coléoptères haplogastres lamellicornes, en particulier l'atheucus, ou scarabée sacré, commencent, dès lors qu'ils sont privés des appâts féminins, à rouler leurs boules excrémentielles d'une manière tout à fait erratique. Mais sitôt en présence d'une femelle, ils reprennent avec ardeur leurs laborieuses pérégrinations rectilignes. Je ne crois pas, cher collègue, qu'il soit nécessaire d'aller chercher plus loin les causes de ce que vous me présentez, avec une inquiétude qui vous honore, comme un dysfonctionnement de nature psychopathologique. Aussi me permettrez-vous de penser, professeur Chenillard, que le rôle d'un véritable ami pourrait bien consister à présenter au professeur Poiret quelque dame avenante et si possible de bonne compagnie. »

« J'avoue n'avoir jamais envisagé la question sous cet angle, avait répondu Chenillard, pris de court, mais je vais y songer. »

C'était alors que Duclap avait dit :

« Vous avez accompli de la très bonne ouvrage, professeur Chenillard, je vous en félicite. »

L'os du Toufoulkanthrope

« Merci infiniment Monsieur le directeur :
*Le papillon s'envole,
La chenille construit.* »

Le directeur avait souri d'une façon complice.

Geoffrey approchait de chez lui, sentant encore dans le creux de sa paume la pression douce et onctueuse, presque huileuse, de la poignée de main échangée avec Monsieur Duclap.

Il sifflotait encore tout en glissant la clé dans la serrure. Solange devait être rentrée. En fin d'après-midi, elle avait fait des courses. Le hall de la maison sentait un peu le chat.

« Fifi... Fifi... » Appela Chenillard déposant son manteau.

D'habitude la chatte venait le saluer. Elle devait être en haut.

Cependant, presque au même instant, il perçut, venant du premier étage, une sorte de sanglot étouffé, puis un autre. Très vite il fut sur le palier. Les pleurs venaient de la cuisine. Là, lourdement posée sur sa chaise, devant une pile de boîtes enrubannées de rose, sur lesquelles on pouvait lire : « Chez Mimi, quand le linge rit », Madame Chenillard regardait devant elle, l'air hagard, les yeux remplis de larmes, comme saisie par une vision d'épouvante. Parfois de brefs glapissements lui sortaient de la bouche, témoignant d'une indicible horreur. Dans un brouillard, la pauvre femme aperçut son mari qui accourait vers elle. D'un geste de la main et les yeux dilatés par l'effroi, elle désigna le four, qui était entrouvert.

Chenillard, se précipitant, fit basculer la porte et en sortit un plat de forme oblongue, contenant quelque chose qui ressemblait à un lapin rôti, noirci, avec, à la hauteur du cou, les traces d'un petit collier à moitié calciné. Fifi !

Chenillard comprit en un instant ; d'autant qu'on avait déposé, tout près de la gueule du chat, une boîte de Câlinou, pour mieux signer le *meurtre* ! Visiblement sa proposition n'avait pas eu l'heur de plaire. Telle était la réponse, bien peu civile, de Carré-Lamanon !

Quoique l'on pense de Geoffrey Chenillard, et quel que soit le peu de sympathie qu'il ait pu jusqu'alors inspirer, il convient de souligner chez lui deux qualités au moins. La première étant indiscutablement son amour pour les animaux domestiques. Fifi avait été soignée, choyée, gâtée par un maître attentif à tous ses états d'âme. Il en était de Chenillard comme de nombreuses personnes qui mettent en l'animal d'autant plus de confiance qu'ils en croient l'homme indigne. Les misanthropes sont grands amis des bêtes.

Une incroyable ténacité constituait la seconde des qualités du personnage. Rien ne le décourageait. En cet instant, où pourtant sa peine était vive et profonde, il n'en laissait paraître qu'une pâleur à peine perceptible. Les intimidations de Carré-Lamanon et ses méthodes de voyou ne l'impressionnaient pas. On l'avait méprisé, il n'était pas un lâche ! Depuis toujours, il avait dû se battre. Il l'avait fait avec ses propres armes. Jamais il n'avait nourri d'illusions sur lui-même car rien pour lui n'avait été facile. A l'école, il n'avait pas été un élève brillant, comme un Aristide Poiret par exemple. Ses succès, il les devait à ses efforts, et plus encore à ses calculs, à ses manœuvres, sans lesquels il savait qu'il ne serait rien. Chenillard n'avait pas accepté de se laisser guider par un destin médiocre, il s'était servi de sa médiocrité pour forcer le destin. Il avait refusé l'apathie familiale : père et mère neurasthéniques, frère difforme et monstrueux. Il avait su user de ses défauts pour se venger d'un sort contraire.

Qui pouvait lui jeter la pierre ?

Le professeur referma le four d'un geste lent, s'approcha de sa femme, toujours prostrée, et l'embrassa,

presque avec tendresse. Puis il alla dans le salon. Ses traits étaient tirés, il eût voulu pleurer. Il se servit une grande rasade Whisky et la but d'un seul trait, puis en versa une autre. Que faire ? De la poche de son costume bleu il sortit un petit calepin qu'il consulta.
Jean Pierre André : 07 78 45 62 31

« *Allô, Jean Pierre, Chenillard, oui, bien, enfin si on veut, et toi... Le labo... Emmerdés avec les OGM, ça j'imagine... Des tas de trucs nouveaux vraiment dégueulasses. T'as raison, n'importe quoi... quelle bande de cons. Tu sais ma chatte, elle a mangé une boîte de ces... Câlinou, tu vois. Elle a pas supporté ... Exactement... Si c'est triste, tu parles, Solange est dans tous ses états, la pauvre. Enfin... J'ai pensé... oui... il doit y avoir un tas de saloperies là-dedans. Oui, oui... voir ça d'un peu plus près, très bien... Tu es gentil merci. Au fait, tu sais, j'ai vu Barnard pour les Palmes... positif, très positif... Non, non, de rien, tout à fait logique, allons ! Très bien, le bonjour à Madame. Demain d'accord... Bonne soirée.*

Geoffrey vida son second verre. Il aimait le whisky. Une bonne chaleur lui envahit le corps. De temps à autre, venant de la cuisine, lui parvenaient les sanglots de Solange. Il faudrait qu'il s'occupe du chat. En y pensant, il sentait la sueur lui couler dans le dos. Plus tard, il le ferait plus tard. Un troisième whisky ? Il hésita puis se servit. Le verre en main, il alla au bureau. Où avait-il mis cette *cassette vidéo* ? Dans le secrétaire, bien sûr. Il ouvrit un tiroir avec une petite clé. Elle était là. Carré-Lamanon l'avait-il déjà vue ? Non, bien sûr, Samantha était bien trop maline. Ce salaud allait en apprendre de belles. Il prit une grande enveloppe de papier blanc gaufré, y glissa la cassette :

LA PASSION DU HARD. (VOLUME 2) LA COURONNE DES PINES AVEC SAMANTHA BONIBARD.

Un très bon film, l'actrice était vraiment exceptionnelle !

Chenillard vida un autre verre. Il se sentit saisi d'une douce euphorie...

Joindrait-il au courrier un exemplaire de *Boule de suif*, un bel exemple du courage ancestral des Carré-Lamadon ?

Non, c'eût été trop cruel !

Il ne restait qu'à envoyer la *lettre* et s'occuper du chat. Une sueur glacée s'écoula à nouveau sur ses tempes. *Le chat* ! jamais il n'aurait ce courage... quand bien même il boirait beaucoup d'autres whiskies. Il devait se résoudre à appeler son frère.

* * *

L'os du Toufoulkanthrope

Chapitre 25

Rue du Puits de l'Hermite, Castagnol n'eut aucun mal à découvrir le repaire de Balthazar Nemrode. Il frappa à plusieurs reprises. Aucune réponse. Sa longue fréquentation de tous les types de serrures lui permit d'entrer sans le moindre problème. Tout de suite, il fut assailli par la vision cauchemardesque du capharnaüm dans lequel il entrait. On avait empilé ici tout ce que les greniers poussiéreux de couvents, de presbytères, les cryptes sombres des églises, pouvaient contenir de vestiges issus d'imaginations tourmentées. Exposés de cette manière, les objets revêtaient un aspect profondément morbide, presque diabolique. Larmes, sang, cœurs, croix, clous, lances, flammes, calvaires... Un hymne à la souffrance paraissait s'élever en silence de tout cet amoncellement. Montait aussi de ce fatras une senteur puissante de crasse et d'encens. Au milieu de la pièce, sur une petite table recouverte de tapisserie pourpre, un crâne grimaçant côtoyait un grand livre et le bouchon de radiateur de la Jaguar d'Aristide Poiret. Castagnol touchait enfin au but !

Une porte s'ouvrait dans le fond de la pièce. Elle donnait sur un petit couloir dont les murs étaient, jusqu'au plafond, tapissés de vieux livres. Au bout de ce couloir, Castagnol découvrit une minuscule cuisine d'une saleté repoussante. A droite, une autre pièce, un peu plus grande contenait un grand lit défait, aux draps sales. Près du mur, face à la fenêtre, un bureau, encombré de papiers, supportait une antique machine à écrire. Castagnol s'approcha. *Communiqué n°5 : Aristide Poiret, le Renégat, doit faire ses dernières prières...* La lettre n'était pas terminée. Au-dessus du bureau on avait épinglé sur le mur quelques coupures de journaux : « *Extraordinaire découverte paléontologique au Toufoulkan.* », « *Un pas de plus sur la trace de nos ancêtres*», ainsi qu'une photo, mutilée, du professeur Poiret.

Quelle bande de fous ! pensa Castagnol. Cependant, ce qui l'intriguait était le manque de professionnalisme de ces supposés extrémistes. Bien des années auparavant, il avait affronté le fanatisme hautement plus technologique de bandes organisées! Rien d'approchant ici. Tout cela semblait l'œuvre d'illuminés brouillons. Raison de plus pour se méfier, car ceux-là sont imprévisibles.

Dans l'escalier, des pas se firent entendre, pesants et courts, faisant grincer le bois.

Castagnol se plaqua contre le mur de la chambre, aux aguets. L'homme était seul, il le sut *à l'oreille*.

On entendit la porte qui s'ouvrait, le souffle court du nouvel arrivant, des objets remués, des pas encore, se dirigeant vers le couloir. Un court instant, à travers l'entrebâillement de la porte, Castagnol aperçut la silhouette courte et noire. L'homme déposa quelque chose sur la table de la cuisine et repartit vers le salon. Avec d'infinies précautions, Castagnol quitta sa cachette. Maintenant il voyait l'énorme dos du visiteur s'approchant de la petite table. Le tronc, massif comme un buffet de chêne, était monté sur des jambes d'enfant. C'était le moment de passer à l'action...

Bip, bip, bip, bip, bip...

Le stimulateur cardiaque de Castagnol s'était mis à sonner, gâchant tout effet de surprise.

Promptement, l'homme se retourna. Il portait une barbe grise. Son visage aux traits lourds avait une expression féroce.

Comme l'éclair, le poing de Castagnol partit, atteignant le nabot au sternum, un coup appris dans la Légion quand on le surnommait, avec respect, *la Castagne.*

Le nabot grimaça, mais ne broncha. Son torse semblait être de bronze. Les phalanges de Castagnol en gardèrent un souvenir cuisant.

Animé d'un féroce rictus, Balthazar Nemrode s'empara d'une lourde crosse d'évêque et la fit tournoyer.

L'os du Toufoulkanthrope

D'un bond Castagnol recula. Au passage la crosse l'érafla, juste au niveau des muscles pectoraux. Il sentit le bois dur lui labourer les chairs. Un choc se fit entendre. Un objet de forme ovale, de la grosseur d'une pile électrique, vola et s'abattit dans un coin de la pièce : Bip, bip, bip, biiiiiiiiiip... Le nabot eut un rire dément. Sans attendre, *la Castagne* se saisit à son tour d'une crosse, peut-être d'archevêque. Un féroce combat s'engagea tout autour de la table. Les crosses allaient s'entrechoquant. Le stimulateur passait de l'une à l'autre, glissant à toute allure sur le sol, rebondissant ici ou là sur les objets épars. Balthazar était à ce jeu d'une habileté diabolique. Ses courtes jambes patinaient à leur aise sur le parquet ciré. Il prenait le dessus. De son côté, le Chef perdait des forces, il sentait le rythme de son cœur décroître lentement. Il tenta une ultime manœuvre en crochetant les courtes jambes de son redoutable adversaire. Mais celui-ci se dégagea, leva à mi-hauteur l'insigne épiscopal et, d'un ample mouvement de rotation, expédia l'objet par la fenêtre.

En un instant *la Castagne* comprit que le long voyage qui l'avait conduit des hautes terres cévenoles jusqu'à l'antre de Balthazar Nemrode, page 143, chapitre 25, allait se terminer. Une lueur féroce brillait dans les yeux du vainqueur. La certitude de la victoire lui laissait tout le temps de savourer, avec cruauté, sa vengeance...

« **Que personne ne bouge !** »

C'était une voix féminine. Castagnol l'aurait reconnue entre mille.

« Attrapez ça, Chef, je m'occupe de lui. »

Alphonsine Le Gouverneur lança à son patron le stimulateur qu'elle avait au passage récupéré dans la cour intérieure, et dit à Balthazar :

« A nous deux, vilain, je vais te bouter... Te bouter les fesses ! »

Alphonsine se mit en garde, les deux poings en avant. Elle était d'une pâleur extrême, presque translucide.

Un singulier rayonnement émanait de toute sa personne. Ses cheveux roux retombaient, de part et d'autre du visage, comme des flammes scintillantes. Son adversaire n'eut que mépris pour elle. Avec sa crosse il la frappa, sûr de lui-même. Mais il semblait que Balthazar, toujours, eût un temps de retard. A la vitesse de l'éclair, la jeune femme foudroya son adversaire d'une attaque à la carotide, portée du revers de la main. La barbe du Nabot parut se hérisser puis retomba inerte, comme une souche d'herbe sèche. Les yeux se révulsèrent, la bouche s'élargit, les jambes cédèrent, le tronc roula...

« Très joli coup ! Qu'est-ce que tu fais là Alphonsine ? demanda Castagnol, au comble de la surprise. Comment diable es-tu arrivée jusqu'ici ? »

La jeune fille paraissait l'ignorer elle-même.

« A l'hôpital, Chef, j'ai entendu des Voix ... »

« Ça alors, répondit Castagnol, tu joues les Jeanne d'Arc maintenant ? En tout cas je te dois une fière chandelle ! »

« Ne parlez pas trop de chandelles ! En vérité je commençais à m'ennuyer un peu, le besoin de bouger. Moi, vous me connaissez, tous ces médicaments me donnaient la migraine! Peut-être que Jeanne d'Arc aussi, elle était comme ça. Ah les Voix ! Je crois qu'elles disent d'abord ce que l'on veut entendre... »

On bougea derrière eux. De longs raclements sur le sol allaient s'accentuant.

« Notre oiseau se réveille, » déclara Castagnol.

En effet, Balthazar Nemrode avait ouvert les yeux et tentait de se mettre sur pieds, tâche pour lui très difficile.

« Où tu vas mon joli ? » questionna Alphonsine le prenant par la barbe.

Une lueur mauvaise passa dans le regard du nabot allongé.

« Où est le professeur ? » demanda Castagnol.

Les yeux de Balthazar jetèrent des éclairs. Il se tut.

Alphonsine tira un peu plus sur les poils. Les petites jambes se mirent à gigoter.

« Je ne vois pas ce que vous voulez dire ! »

« Oh si, tu vois très bien ! s'exclama Castagnol avec force, tu reconnais ceci ? »

« Bouchon de radiateur, pour la voiture d'un copain, » répartit Balthazar qui tenta de se dégager d'une énorme ruade.

Le Chef tonna :

« Ca suffit !, maintenant les choses sérieuses...

- **Que personne ne bouge !** »

Un homme en noir se tenait sur le seuil : un dur de dur, un vrai ! On reconnaît généralement ces gens-là à la cassure du pantalon, et aussi au revolver qu'ils tiennent dans la main. En l'occurrence, celui du visiteur n'était pas de ceux qui se trouvent au rayon des jouets. Un complice de Balthazar, l'un des membres du groupe, pensa aussitôt Castagnol. Il s'était bien trompé sur leur amateurisme !

Pourtant, l'homme arbora un sourire cruel.

« Je vois que le boulot a déjà été fait. »

Il désigna Balthazar du menton.

« Ce salaud n'a que ce qu'il mérite! On l'a suivi alors qu'il transportait le chat. Au Muséum, on s'est aussi occupé du bureau. Je vous laisse terminer le travail. On se retrouve chez Carré-Lamanon. »

L'homme tourna les talons et disparut. Le pli du pantalon était véritablement impeccable.

Le premier mouvement d'Alphonsine fut de se précipiter à la poursuite du *gros dur*. Castagnol l'arrêta.

« Trop dangereux ! » dit-il.

Il fallait réfléchir. Cette histoire se compliquait beaucoup. Castagnol n'y comprenait plus rien. Des gouttes de sueur coulaient sur la face hirsute de Balthazar Nemrode. L'homme avait peur. Le Chef extirpa, d'entre les bondieuseries, une grosse couronne d'épines, toute rouillée, et se pencha vers lui :

« Si tu nous dis la vérité, on sera gentil avec toi, sinon, Jésus christ, ça te dit quelque chose ? »

Balthazar céda, agité de frissons :

« C'est pas moi.... c'est mon frère, il m'a demandé de faire peur au professeur Poiret, à cause de la découverte... L'os du Toufoulkanthrope, il était très jaloux. Il a toujours été jaloux... Même de moi... Il a imaginé l'histoire... l'APIS. Je faisais les lettres et je les apportais, en me cachant... On ne voulait pas faire mal au professeur Poiret, seulement l'effrayer... Mon frère me donnait de l'argent... »

« Tu es donc... »

«... Gaston Chenillard, le frère de Geoffrey, l'aîné de la famille. Je devrais dire le mal aimé, mais cela vous ne pourriez pas le comprendre... »

C'était donc ça ! Il se murmurait quelquefois, au Muséum, que Chenillard avait un frère infirme, condamné quelques années auparavant pour des actes de barbarie envers des bébés phoques: une forme perverse de pédozoophilie qui avait défrayé la chronique. On murmurait aussi qu'il avait disparu dans un accident de voiture.

Castagnol demanda encore, d'une voix forte, montrant ostensiblement la couronne d'épines :

« Où est le professeur Poiret ? »

« Je ne sais pas, je ne sais rien, je vous le jure ! »

Quelque chose disait à Castagnol que le nabot ne mentait pas. Cependant, par acquis de conscience, il conseilla à Alphonsine d'aller faire le tour du propriétaire et d'inspecter l'appartement.

«Et le chat ? Qu'est-ce que c'est cette histoire de chat ? »

L'os du Toufoulkanthrope

«Fifi, la chatte de mon frère, les hommes de Carré-Lamanon, c'est eux qui l'ont fait cuire... C'est moi qui devais l'enterrer. »

Castagnol n'y comprenait plus rien. Cette affaire commençait à lui faire perdre patience. Il était las, il eût voulu fumer.

«Qui est ce Carré-Lamanon ? »

« Un type qui vend de la nourriture pour chats, il n'aime pas mon frère... »

Le Directeur du Département de Vigilance avait mal à la tête. La balle perdue qui circulait dans son cerveau commençait à s'agiter un peu.

Albertine revint et dit :

« Chef, il y un chat rôti dans la cuisine !

- Je sais, dit Castagnol, c'est celui de son frère.

- **Que personne ne boooouge !** »

Les trois personnages tournèrent en même temps la tête. Revêtu d'une combinaison verte, pointant sur eux le bout de son balai, se dressait le long corps, mou de Félix Despentes. Il semblait comme halluciné, les pupilles rouges et injectés de sang, dilatées à l'extrême. Il avait du mal à tenir sur ses jambes.

« Qu'est-ce que vous fichez là ? Bon Dieu ! » S'écria Castagnol.

HIPS, C'EST LES VRAIS, D'BALAYEURS, CHEF ! QUAND Y M'ONT VU, Y M'ONT D'MANDE, C'QUE J'FAISAIS DEVANT LA MAISOON DU PROOFESSEUR POOIRET... PASSE QUI ZOONT DES ZOONES OU QU'Y TRAVAILLENT. HIPS. Y M'OONT PAYE UN OU DEUX P'TIT COOUPS D'ROOUGE ET Y M'OONT DIT QU'Y VOULAIENT PLUS ME VOIR SUR L'TROOTTOOIR. QUE SI J'VOULAIS ETRE BALAYEUR COOMME EUX, FALLAIT QUE J'D'MANDE A LA MAIRIE

D'PAAARIS. ALOOORS J'SUIS V'NUUU ICI, HIPS. ET V'LA QUE D'VANT L'IMMEUBLE J'VOOIS UN TYPE AVEC UN COSTUM' NOOOIR QU'AVAIT HIPS UN DROOLE DE GENRE, COOOMMME DANS LES FILMS POO POO POO - LICIERS. Y DOOIV 'AVOIR B'SOOIN D'MOOOI QUE J'ME DIS...

L'effet de l'afghan noir et du gros rouge était dévastateur.

Castagnol observa son équipe. Tous, y compris lui-même, étaient exténués. Gaston Chenillard avait parlé. Il n'en dirait pas davantage. Depuis longtemps déjà, la nuit était tombée. Un chef doit savoir se montrer généreux et ménager ses troupes. Il se tourna vers Balthazar :

« Toi tu ne bouges pas jusqu'à ce qu'on te fasse signe. »

Puis s'adressant aux autres :

« Bon, on continuera cette enquête demain. En attendant, je vous offre une bonne pizza chez Guiseppe. »

* * *

L'os du Toufoulkanthrope

« Balthasar Nemrode »

Chapitre 26

Mais que faisait donc Aristide Poiret ?

Sitôt sorti de chez Mireille, rue Saint-Denis, les plus sombres pensées l'avaient à nouveau assailli. Incapable de tout raisonnement logique, le professeur se sentait confusément au cœur d'un vaste complot dont les raisons lui échappaient. L'homme à tête de mammouth, sa voiture abîmée, le tract découvert chez Mireille, tous ces événements constituaient les pièces d'un étrange puzzle que son esprit ne pouvait rassembler. Les raisons mêmes de l'intérêt que pouvait susciter sa personne étaient hors de portée de son entendement. Parfois, l'idée qu'il se réveillerait bientôt d'un affreux cauchemar lui traversait l'esprit. Mais hélas, la réalité finissait par se manifester d'une façon tangible.

Peux pas faire attention en traversant la rue !

De peu, on venait d'éviter l'accident.

Par bonheur, il n'était plus seul maintenant. La petite culotte qu'il avait d'achetée lui tenait compagnie. Il sentait sa douce présence dans le creux de sa poche. Elle lui communiquait chaleur et réconfort. Depuis assez longtemps la nuit était tombée. Ils allaient dans les rues. Elle était sa petite maîtresse.

Où irons-nous, ma petite maîtresse ?

Où tu iras, j'irai, répondait la petite culotte, blottie dans le fond de sa poche.

Longeant toujours la Seine, ils se retrouvèrent sur le pont Mirabeau.

Dans l'eau se reflétaient des milliers de lumières. Une vapeur légère montait du lit du fleuve, brillante, comme si chaque gouttelette de cette brume eut contenu une minuscule étincelle. Tout était moite et nimbé d'un halo irisé. Était-ce l'humidité du soir, l'éclairage des lampadaires, ou bien la chaleur intérieure que diffusait la soie précieuse de sa compagne, ou la rencontre de tous ces éléments diaphanes à la frontière de son être qui conférait à son costume vert cette fantasmagorique iridescence ? Toujours est-il que l'habit d'Aristide Poiret paraissait dégager une étrange lueur semblable à celle de certaines carapaces d'insectes. Ainsi vêtu, la veste exagérément distendue lui arrivant jusqu'aux genoux, il évoquait un magicien venu d'un autre monde, un académicien au milieu des mortels.

Et la culotte murmura, de sa petite voix, ces vers d'Apollinaire :

> *Les sapins en bonnets pointus*
> *De longues robes revêtus*
> *Comme des astrologues*
> *Saluent leurs frères abattus*
> *Les bateaux qui sur le Rhin voguent*

Un peu plus loin, sur le pont, un jeune enfant dit à sa mère :

Maman, maman, regarde ! On dirait un *homme luisant* !

Le pont franchi, la rive gauche, plus austère, le dégrisa un peu. Aristide tel un cheval qui flaire l'écurie, se mit à remonter la Seine, en direction de l'est. Il restait encore, dans un recoin de son esprit, une parcelle de conscience, et même de conscience professionnelle. Car le lendemain, il devait travailler. D'une manière presque inconsciente, ses pas le conduisirent vers la rue Lacépède. Son corps lui faisait mal. Ses chaussures, gorgées d'eau, chuintaient sur le pavé. Il se dépêchait désormais, pressé de retrouver sa couche.

Longeant les quais, *ils* cheminèrent longuement.

De part et d'autre du grand fleuve, par intermittence, surgissaient de l'ombre les façades majestueuses des monuments et des palais qu'illuminaient les projecteurs des bateaux mouches. Pierre, eau, lumière, tout était contenu, maîtrisé, apprivoisé, transmuté par la Ville.

Beaucoup plus tard, ils atteignirent la Faculté des Sciences et le quai Saint-Bernard. La rue Cuvier, à droite, menant directement chez lui, Aristide voulut s'y engager, mais brusquement, il se souvint que son vélo était au Muséum. Il continua donc jusqu'à la Place Valhubert. Il possédait la clé du portillon d'entrée. Le Jardin des Plantes était désert et silencieux, plongé dans une obscurité opaque. Le matin même, en ce lieu, s'était déroulée la fête paléontologique. Comme cela paraissait loin!

Aristide remonta jusqu'à la Grande Halle et chercha son vélo. Tout d'abord, il ne le trouva pas, puis il le reconnut : de sa familière monture ne restait, attaché à la grille par une chaînette munie d'un cadenas, qu'un cadre solitaire tristement incliné comme en une dernière prière, orphelin de tous ses accessoires, désossé!

Désossé, Désossé, désosssss....

Une sorte de long hennissement jaillit de la gorge du professeur Poiret.

« HAOUHUUUUUUOUOUOUOOOOH ! »

Était-ce un cri, était-ce un rire amer ? Probablement les deux. C'était un hurlement comme devait en pousser jadis le Toufoulkanthrope lorsqu'il lançait à la face du monde les prémisses encore inarticulées du langage.

Découragé, épuisé, l'esprit vide, Aristide Poiret allait rentrer chez lui lorsqu'il aperçut, venant du pavillon de paléontologie, une faible lueur. On eût dit que quelqu'un, muni d'une lampe de poche, se déplaçait le long de la vaste façade. Intrigué, Aristide décida d'aller voir de plus près.

Plus aucune lumière lorsqu'il fut sur les lieux. Mais la porte du pavillon de paléontologie animale était entrebâillée. Il la poussa et pénétra dans le grand hall. Tout semblait calme. Les longs couloirs résonnaient du seul bruit de ses pas. Le bureau de Chenillard était resté ouvert. Se pouvait-il que le professeur fût encore à la tâche ? C'eût été étonnant. Il frappa. Il n'y eut aucune réponse. Aristide, intrigué, osa pousser la porte. Dans le bureau régnait un indescriptible désordre. Visiblement des visiteurs peu amicaux étaient passés par là. Tout était renversé, abîmé, saccagé, le parquet jonché de dossiers libérant leur précieux contenu. On avait renversé tous les meubles et déchiré impitoyablement les photos qui d'ordinaire ornaient les murs. « *Chenillard serrant la main du Ministre de la Science.* », « *Chenillard en compagnie du Général Techakijkriengkrai, à Bangkok* », « *Chenillard présentant des dinosaures aux enfants d'une école maternelle, à Pontoise* »…. Dans un coin, un presse-papiers représentant une boîte de bœuf à la gelée, *la Bovinette*, gisait piétiné sur le sol. Décidément, il se passait de bien étranges choses! Un complot se tramait contre les paléontologues ! Mais qui pouvait leur en vouloir ? N'accomplissaient-ils pas leur noble tâche au profit de l'humanité toute entière ? Aristide ne comprenait pas, ne pouvait pas comprendre. Il décida d'aller avertir Castagnol, le responsable de la Sécurité, un homme habile et consciencieux qui avait, par le passé, réglé bien des problèmes …

Il était sur le point de quitter les lieux, lorsqu'il sentit sur sa nuque un courant d'air frais provenant du fond de la pièce et nota, en se retournant, que les rideaux de la fenêtre se gonflaient à la manière d'une voile. Tout était fermé, cependant. En s'approchant, il aperçut, dissimulée derrière une étagère, désormais renversée, une ouverture pratiquée dans le mur ! N'eut été l'exacte réalité des faits dont il était témoin, Aristide Poiret eût pu se croire dans un mauvais roman. Cependant, à l'image de ceux qui comme lui fréquentaient le Musée depuis assez longtemps, il ne s'étonna guère. Nombreuses étaient les découvertes insolites que réservaient les lieux. D'une manière un peu paradoxale la vénérable institution pouvait être considérée, à juste titre, comme un vaste chantier de fouilles. Il demeurait de grandes zones inexplorées, où l'on pouvait encore découvrir de nombreux spécimens que l'on eût cru à jamais disparus de la surface du globe et de la mémoire des hommes.

Courageusement, le professeur Poiret s'engagea dans une espèce d'étroit couloir, très sombre. Un peu plus loin, à droite, il découvrit un vieux commutateur commandant une ampoule électrique. Devant lui un escalier s'enfonçait dans le sol. En bas, il se trouva devant une porte de bois, cloutée et vermoulue. Les gonds grincèrent lorsqu'il l'ouvrit. Une immense salle voûtée occupait le sous-sol. Une faible lumière, venue des soupiraux, qui devaient être au même niveau que le Jardin des Plantes, permettait d'entrevoir avec peine toutes sortes de formes singulières qui encombraient l'espace. Heureusement, le costume du professeur dégageait sa luminosité verdâtre. Près de lui, il put distinguer un grand nombre de sacs contenant de la terre. Plus loin, au centre de la salle, se dressait un petit édicule de brique d'où s'élevait une frêle cheminée de tôle. Contre le mur de droite, étaient entassés des blocs de pierres, ou de ciment, présentant des excavations de formes variées. En face, s'empilaient de longs fuseaux de pierres bosselées, disposées les unes sur les autres... Aristide ressentit comme un frémissement... Ces formes-là étaient loin de lui être étrangères ! D'horribles frissons coururent le long de son échine : des ossements ! C'étaient des ossements ! des ossements de toutes sortes, rangés par ordre décroissant, par milliers ! En un instant, Aristide comprit : la terre, les moules, le four... une fabrique de squelettes ! L'antre d'un faussaire ! Un atelier clandestin de fossiles de dinosaures ! L'œuvre de Chenillard ! L'apothéose de la duplicité ! L'insulte suprême à l'art paléontologique ! Chenillard fabriquait ici ses squelettes ! De la copie ! Du toc !

« HAOUHUUUUUOUOUOUOOOH ! »

L'os du Toufoulkanthrope

Le cri d'Aristide jaillit à nouveau dans la nuit. Le professeur Poiret était à cet instant beaucoup plus proche du Toufoulkanthrope qu'il ne l'avait jamais été. Son âme était bien celle d'un homme primitif ! Il se saisit d'un énorme fémur de brachiosaurus, assez gauchement imité, et se mit à frapper tout ce qui l'entourait, animé d'une rage féroce. Chacun de ses gestes laissait derrière lui une trace verte, fugitive et fluorescente. Il frappait sans relâche, détruisant tout sur son passage, écumant de rage, hurlant à pleins poumons, possédé par la plus absolue des colères. Si Chenillard se fût montré à cet instant, le professeur Poiret l'eût assommé et immolé sur place. Pour lui le crime était abominable, ne méritait aucun pardon. Toujours progressant dans son œuvre dévastatrice, Aristide se retrouva bientôt devant un grand squelette que les faussaires avaient déjà presque assemblé. C'était celui d'un grand gorgosaurus qui se dressait d'une manière spectaculaire, plusieurs mètres au-dessus du sol, en une pose pleine d'agressivité. Aristide frappa aux jambes à grands coups de fémur, à la manière d'un bûcheron. Le gorgosaurus, comme pris de surprise, s'inclina vers le sol, puis dans un grand fracas de pierre broyée, s'écroula d'un seul bloc. Aristide n'eut pas le temps de reculer, il sentit une atroce morsure lui déchirer le bras. Ses forces déclinèrent puis un grand vide l'envahit et l'emporta dans un tourbillon de ténèbres.

Personne ne saurait dire combien de temps le professeur Poiret resta inanimé. Cependant, au bout d'un long moment, sa robuste constitution lui permit de recouvrer des forces. Il ouvrit péniblement les yeux. Son bras droit le faisait terriblement souffrir. Une vertèbre dans sa chute lui avait entamé la chair. Son sang coulait en abondance. A l'aide de sa cravate, il se fit un garrot. Maintenant assis sur le sol, il tentait de faire le point sur la situation. Tout d'abord, il lui fallait retourner à l'air libre. Il étouffait. Il se leva avec beaucoup de peine et constata qu'il était entouré de barreaux, comme dans une cage. Rapidement, il comprit ce qu'il s'était passé. Il était prisonnier ! En tombant, la cage thoracique du gorgosaurus l'avait rendu captif. Les côtes de l'énorme animal avaient la taille de grosses branches et ne s'évasaient, en aucun endroit, de manière suffisante pour livrer passage à quelqu'un de sa corpulence. En vain, le professeur tenta de secouer la cage mais elle était d'un poids considérable. Il essaya aussi de briser une côte à l'aide d'un morceau de mâchoire. La matière était beaucoup trop résistante. Épuisé, il regarda autour de lui. Vers le fond de la salle, le sternum avait buté contre le mur et reposait sur une pierre descellée, en équilibre instable. La masse énorme d'ossements ne conservait sa position que grâce à elle. Avec un peu de chance, en ôtant cette pierre, la cage thoracique pouvait basculer et libérer assez d'espace pour lui livrer passage. Cependant, elle était hors d'atteinte. Aristide essaya de lui jeter des morceaux d'ossements et toutes sortes de projectiles jonchant le sol, mais son bras droit, blessé, ne lui était d'aucune utilité. Il ne parvint, avec le gauche, qu'à se montrer d'une incroyable maladresse. Tous ces efforts le fatiguèrent, une voile noir tombait parfois devant ses yeux. Il se rassit.

La cravate maintenant était gorgée de sang. Les tempes d'Aristide battaient au rythme de son cœur. Le froid envahissait son corps meurtri. Dehors, il n'y avait personne pour entendre ses cris. L'idée qu'il allait mourir s'imposa avec une froide évidence. Pourtant, il ne ressentit pas cette subite angoisse devant le sort inexorable, ce mouvement de révulsion des fibres et des chairs qui accompagne les derniers instants de la vie, ce besoin de répit pour une dernière prière, une dernière halte. La mort lui était familière, sa compagne depuis longtemps. C'était elle qui l'avait guidé dans chacune de ses recherches, elle était la servante fidèle du paléontologue. Aristide n'avait pas peur. Que lui importait de quitter ce monde et de rejoindre le long cortège des êtres disparus ? D'autres après lui viendraient pour poursuivre sa quête. Derrière lui, il laisserait quelques amis fidèles, bien vite consolés, trop occupés à poursuivre les chemins tortueux du pays des vivants. C'était très bien ainsi. Il était solitaire et ne regrettait rien. Pourtant en cet instant, tout au fond de lui-même, une image se dessinait et remontait vers sa conscience, comme une bulle de regrets venant crever à la surface de ses pensées stoïques. Une image d'une étrange douceur, faite de courbes tendres et tièdes, lisses et rondes, d'une harmonie parfaite : une image de femme ! Le visage de sa voisine, Ludivine Beaufort, lui apparut dans toute sa beauté ! Quelle ironie du sort ! Telles seraient les dernières pensées du professeur Poiret ! Il en aurait souri si les affres de l'agonie n'étaient venu lui dérober ses forces. Aristide ne souffrait plus. Son esprit s'en allait vers des contrées lointaines, il flottait au milieu de dentelles de soie, de rubans parfumés, de voilages légers. Il revoyait les étalages roses de « *Chez Mimi* ». C'était maintenant la marchande qui se penchait vers lui :

En ce cas, puis-je vous suggérer ce modèle-ci, très seyant et d'une grande élasticité, pouvant convenir en de nombreuses circonstances…

« *D'une grande élasticité* » ! Ces mots le réveillèrent. Une folle pensée germa dans son esprit. Réunissant ses forces, en un ultime effort, il sortit de sa poche sa dernière compagne, la petite culotte. Elle était en effet très souple et pouvait s'étirer avec facilité. Après bien des efforts, quoique que la tête lui tournât, il parvint à se remettre sur ses jambes. De la main gauche, avec difficulté, il entreprit de nouer les extrémités élastiques de la culotte à deux des côtes du squelette, face à la pierre soutenant la carcasse. Cela lui prit du temps, mais bientôt il put disposer d'une fronde. Le sol regorgeait de fragments provenant du squelette. Il en choisit plusieurs de la grosseur d'un œuf, aussi réguliers que possible et les rangea dans un coin de la cage. L'entrejambe de la culotte formait un réceptacle absolument parfait pour poser les cailloux. Il était doux sous les doigts d'Aristide qui ressentait à ce contact des émotions toutes particulières, inattendues en de pareilles circonstances. Précautionneusement, le professeur tendit la fronde, visant la pierre. Le caillou fut projeté avec plus de force qu'on eût pu supposer et atteignit son but. La pierre fut déplacée de quelques millimètres, la carcasse trembla de tous ses os factices, mais l'édifice résista. Sans se décourager, Aristide renouvela la tentative. Cette fois, la pierre céda, la cage thoracique du gorgosaurus glissa le long du mur, basculant dans un grand craquement.

Aristide était libre. Il ne lui restait qu'à se glisser sous la cage. Par malheur, les efforts qu'il avait consenti, de même, sans doute, que l'émotion qu'il venait d'éprouver, avaient usé ses forces. Il sentit le sang refluer de ses veines, son cœur se contracta en un dernier sursaut, puis il roula dans la poussière.

* * *

Chapitre 27

Cette nuit-là Christian Castagnol avait couché au Muséum dans le petit appartement qu'on avait mis à sa disposition près de la Grande Serre. Aux beaux jours, il lui arrivait aussi d'étendre son hamac, entre deux palmiers, dans les plantations elles-mêmes. Cela lui rappelait *le bon vieux temps* passé sous les tropiques au service de la Sûreté Extérieure.

La soirée de la veille, avec ses collaborateurs, autour d'une bonne pizza, avait détendu les esprits. Alphonsine s'était remise de son choc à la tête avec toute la vigueur de son éclatante jeunesse. La jeune fille faisait l'admiration de son chef de service. Ce dernier ne pouvait s'empêcher de songer qu'il eût aimé avoir une fille comme elle. Que dire s'il eût été plus jeune? Quelle paire ils auraient fait ! Quant à Félix Despentes, il s'était montré, l'alcool aidant, d'une humeur pour le moins surprenante, passant du rire à la mélancolie, exprimant de façon sporadique toutes sortes d'idées aussi profondes que brumeuses. Quelque chose en lui *ne tournait pas très rond*. Christian savait que le fils lui donnait bien *du fil à retordre*. Il eût voulu le secourir, le tirer de ce *mauvais pas*, mais ne savait que faire. Comment aider Despentes à *remonter la pente* ? L'idée le fit sourire. Il fallait attendre que le fiston grandisse et prît *du plomb dans la cervelle*. De nos jours, cela pouvait *mettre longtemps*.

Castagnol éprouvait aussi un grand soulagement à savoir résolue la lamentable affaire des frères Chenillard. Oh, bien sûr, il eût pu la démêler plus tôt. Geoffroy, le cadet, était une fripouille qui ne devait sa place au Muséum qu'aux protections dont il bénéficiait et aux intrigues qu'il avait fomentées. Les gens honnêtes sous-estiment toujours la malignité des crapules.

Cependant Castagnol restait toujours inquiet. Les cartilages de son bras gauche le prévenaient qu'il devait se

L'os du Toufoulkanthrope

tenir sur ses gardes. Jusqu'à plus ample informé, Aristide Poiret avait bel et bien disparu. Il avait aussi remarqué que le vélo rouge du professeur se trouvait toujours devant la Grande Halle, où ce dernier l'avait laissé, la veille. Pendant la nuit, des voyous en avait profité pour le désosser de la pire façon. Les agents de sécurité ne pouvaient être *au four et au moulin* ! Il se dit qu'il mettrait Despentes *sur le coup*...

Le téléphone sonna.

C'était une voix de femme, visiblement très affolée :

« *! teroiP editsirA ruessef el zehc esohc euqleuq assap tse's li ,etiv zeneV.* »

Sur le coup, Castagnol ne comprit pas un mot.

Quelle était cette étrange langue étrangère ?

Ce diable de dialecte ?

Cet idiome idiot ?

Au bout du fil, son interlocutrice semblait s'impatienter, poussant de brefs glapissements :

« *! Ruehlam un revirra'd tneiv il, souv-zehcépéD.* »

« *! ruehlam un revirra'd tneiv il, souv-zehcépéD* »

Mais bien sûr ! C'était un langage codé, assez rudimentaire ! Une sous-classe de Verlan englobant la période oratoire dans sa totalité. Immédiatement, Castagnol traduisit:

Dépéchez-vous, il vient d'arriver un malheur ! Et puis, précédemment : *Venez vite, il s'est passé quelque chose chez le professeur Aristide Poiret !*

Castagnol s'écria :

« *J'arrive tout de suite !* » puis corrigea: « *!etius ed tout evirra'J.* »

A l'autre bout du fil, la voix persistait à crier. Castagnol raccrocha, se précipitant vers la porte. A pied, la rue Lacépède n'était qu'à deux minutes. En chemin, il appela Despentes et Alphonsine sur son téléphone portable. Rendez-vous fut donné au domicile du professeur Poiret.

L'os du Toufoulkanthrope

L'appartement comptait déjà trois visiteurs. Tenant un balai à la main, une femme d'un certain âge allait et venait, nerveusement, proférant les mêmes paroles apparemment sans suite que Castagnol avait pu entendre lorsqu'elle téléphonait. Une autre femme était allongée sur le sol et se tenait la tête. Un homme, enfin, qui portait un costume noir, examinait les vertèbres de la femme couchée.

La détentrice du balai n'était autre que la diva des articulations, Madame Belhadj, la concierge. Elle s'adressa à Castagnol dans son curieux langage dont nous donnerons désormais la traduction simultanée. Précisons toutefois que sous le coup de l'émotion, cette femme au délicat métabolisme, avait été saisie d'une poussée aiguë de *dyslexie généralisée* qui lui faisait prononcer, à l'exception de quelques palindromes, les phrases à l'envers.

Elle expliqua que, vers sept heures et demie du matin, alors qu'elle *faisait l'escalier*, elle avait entendu des gémissements venant de chez Monsieur Poiret. Sitôt poussée la porte, qui n'était pas fermée, elle avait découvert Conchita Martinez, la femme de ménage, inconsciente et ligotée sur le parquet. En l'occurrence, il s'agissait de la femme allongée. Tout de suite, elle avait appelé le docteur Jarricout, l'homme au costume sombre, qui habitait l'immeuble, puis Christian Castagnol.

Madame Martinez reprenait ses esprits, continuant à se frotter la tête.

Pas de lésions profondes, diagnostiqua le Docteur Jarricout, rien de cassé, le cuir chevelu présente une importante tuméfaction. Il semble que le coup ait été asséné avec un objet contondant, très compact, dont l'extrémité devait avoir la taille d'une balle de golf.

Le docteur s'étant remis debout, salua Castagnol. C'était un homme au visage lisse, d'une soixantaine d'années, affable et souriant.

On sonna à la porte. Despentes entra. Ses yeux étaient moins rouges que la veille mais ses pupilles restaient fortement dilatées, donnant à son regard une fixité singulière.

Avec beaucoup de précaution, Castagnol interrogea Conchita Martinez, la victime, que l'on venait d'installer au bureau.

A l'évidence, il s'agissait d'une agression dont elle n'avait gardé qu'un souvenir confus. Alors qu'elle pénétrait comme à son habitude dans l'appartement pour faire le ménage, elle avait senti de grosses mains la saisir par le cou. Un homme, qui lui avait paru de grande taille, l'avait tout d'abord bâillonnée, puis une voix de femme avait prononcé des paroles qu'elle avait oubliées. La dernière des sensations dont elle se souvint était un choc violent qu'elle avait ressenti sur le crâne.

« Savez-vous où se trouve le professeur Poiret ? » demanda Castagnol.

La femme eut l'air de ne pas bien comprendre, puis, comme revenant à la réalité, elle répondit d'une voix faible :

« Zé né sais pas ! Mais lé professor n'est pas révenou sez loui cetté nouit, il n'a pas coussé dans cet appartément. »

« A quelle heure venez-vous travailler le matin ? »

« Z'arrive vers sept heuré, zé fait lé dézouner... »

La pauvre femme semblait très fatiguée. Le docteur Jarricout lança à Castagnol un regard l'incitant à la modération.

Le chef de la Sécurité se mit à réfléchir. Tôt le matin, pendant la nuit peut-être, un homme et une femme étaient venus dans l'espoir de trouver le professeur Poiret. L'arrivée de la femme de ménage, Conchita Martinez, les avaient dérangés. Ils l'avaient assommée puis s'étaient enfuis juste avant l'arrivée de Madame Belhadj...

L'os du Toufoulkanthrope

Depuis un moment, Despentes semblait fixer avec curiosité quelque chose à travers les vitres de la fenêtre ; il fit quelques pas vers le chef et lui dit à l'oreille :

« Patron, je sais pas ce qu'il y a, mais la plante, là-bas, sur le balcon, on dirait vraiment qu'elle cherche à dire quelque chose. »

La glotte de Castagnol monta et descendit d'une manière spasmodique, néanmoins il parvint à se maîtriser :

« Je ne sais pas ce que vous prenez en ce moment, mon vieux, mais permettez-moi de vous dire qu'on a parfois l'impression que *ça tourne pas rond.* »

Félix Despentes, qui n'avait pas manqué de remarquer toute l'irritation contenue dans cette dernière remarque, préféra ne pas insister davantage.

Alphonsine arriva à son tour. Depuis la veille, elle avait conservé sa coiffure de *Jeanne d'Arc* qui lui allait beaucoup mieux que les nattes qu'elle portait habituellement. Elle salua tout le monde et lança :

« Je vais préparer le café. »

Que pouvaient bien chercher les deux agresseurs matinaux ?

Castagnol se retourna vers le docteur qui rédigeait une ordonnance sur le coin du bureau.

« Puis-je poser à cette dame une ultime question ? »

« Allez y, répondit le docteur, mais tâchez d'être bref. »

« Madame Martinez, reprit Castagnol de sa voix la plus douce, avez-vous remarqué que quelque chose ait disparu de cet appartement ? »

La pauvre femme réfléchit en fronçant les sourcils tout en regardant autour d'elle.

« Zé né vois pas... attendez, si, régardé cetté boîté, L'och ! Il n'y est plous. »

« Je vous demande pardon, mais de quoi parlez vous ? »

« Dé l'och dou professor Poirèt, de l'och dou Toufoulkanthropé ! »

Enfin ! une piste sérieuse ! pensa, à part lui, Castagnol. Un vrai mobile! Il respira, on y voyait plus clair.

Quant à l'arme du crime, il faisait peu de doute qu'elle se confondît avec l'objet volé !

La cage de verre oblongue qui avait contenu la précieuse relique était restée ouverte. Le Chef fit un signe à Despentes qui persistait à contempler l'arbuste, ouvrant et fermant en silence la bouche comme un poisson qui manque d'eau.

« Tenez, mon vieux, si vous voulez vous rendre utile, relevez les empreintes du coffre. »

Albertine vint annoncer que le café était servi dans la cuisine. Elle se tourna vers Castagnol et ajouta :

« Regardez, Chef, ce que je viens de trouver devant la porte du salon. »

Elle lui tendit un morceau de tissu chiffonné de couleur crème. C'était une petite culotte, toute humide et gluante, qu'il déplia avec une moue éloquente.

« C'est avec elle qu'on avait bâillonné la pauvre Conchita ! s'écria Madame Belhadj. Elle l'avait dans la bouche quand je suis arrivée, c'est moi-même qui la lui ai enlevée. »

La partie inférieure du sous-vêtement portait une étiquette, *Trente Sixième Dessous, Paris.*

« Ca vous dit quelque chose, Alphonsine ? » questionna Castagnol.

« Oui, Chef, une boutique, rue Marbeuf, » rétorqua la jeune fille, en rougissant un peu.

« Aucune empreinte des voleurs ! déclara Despentes en rangeant ses pinceaux, seulement celles du professeur Poiret, que l'on retrouve dans tout l'appartement. »

« Devaient porter des gants, » en conclut Castagnol

« Pas de traces de gants, elles auraient effacé par endroit les empreintes, » rectifia Despentes.

« ... Ont dû les essuyer, » maugréa le Patron d'une façon distraite, l'esprit maintenant occupé par l'effet singulier que produisait en lui la petite culotte.

« Mais Chef, s'ils avaient essuyé les empreintes, il n'y aurait plus celles du professeur Poiret ! » surenchérit Félix.

« Vous m'agacez, Despentes, laissez-moi réfléchir, » ponctua Castagnol d'un ton aigre.

Félix s'en fut à la fenêtre et regarda la rue en buvant son café.

Pendant ce temps, munie de l'ordonnance, Mme Belhadj était sortie acheter les remèdes.

« N'hésitez pas à m'appeler s'il y a le moindre problème, déclara le docteur Jarricout, s'apprêtant à prendre congé. Je repasserai dans une heure. »

A qui pouvait appartenir la petite culotte ? Les malfaiteurs avaient dû la trouver sur place, tout comme le fil électrique dont ils s'étaient servis pour ligoter Madame Martinez. En tous cas, Castagnol doutait fort qu'elle eût appartenu à la *saucissonneuse*... Le professeur devait avoir une maîtresse qui l'avait oubliée, au hasard de ses galanteries. Bien sûr, Conchita Martinez aurait pu lui fournir d'utiles renseignements sur la vie amoureuse d'Aristide Poiret, mais elle dormait dans le fauteuil, émettant un léger ronflement. Elle portait des bas noirs sous une robe grise et sentait la lavande. De temps à autre l'une de ses jambes avait un petit soubresaut qu'accompagnait un bref gémissement.

« Salut Louis, comment ça va ? (...) Très bien, et toi ? Il faudra qu'on se revoie un jour, c'est mon tour de payer la tournée... »

Despentes hurlait par la fenêtre. Il se tourna vers Castagnol qui le regardait, médusé.

« Un copain, Chef, il s'appelle Louis, il fait partie de l'équipe de nuit, vous savez les balayeurs, hier soir, qui m'ont payé un coup. Il a un fils qui a l'âge du mien... »

Presque instantanément, Castagnol s'écria :

« Dites-lui qu'il m'attende, je descends tout de suite. »

En un instant, de son pas de félin, le Chef fut dans la rue.

Louis était un homme corpulent, mal rasé, qui portait une immense chemise à carreaux jaunes et rouges. Son haleine sentait l'alcool.

Castagnol montra sa carte et demanda au balayeur s'il avait vu, la veille au soir, un couple pénétrer dans l'immeuble.

Le gros type se tortillait, jetant de temps en temps un regard lourd vers la fenêtre où se trouvait Despentes. Visiblement la question le gênait. Il avait horreur des histoires. Il invoqua en grommelant le *devoir de réserve*. Castagnol sortit un billet de cent francs.

« Bon, bon, c'est vrai, y'a bien un couple qui est rentré hier soir ! Un type immense, un Africain, avec un genre de grand plumeau, tout abîmé, et une petite mallette. La femme, elle habite l'immeuble, plutôt mignonne, c'est elle qui a ouvert la porte, voilà, c'est tout ce que je sais. »

Un fin sourire illumina le visage de Christian Castagnol. Il remonta en sifflotant les quatre étages et refit son apparition dans l'appartement. Despentes s'était approché de l'arbuste, lui caressant affectueusement les feuilles, comme il l'eût fait d'un animal domestique. Les sourcils froncés, Alphonsine était penchée sur un volume énorme représentant des australopithèques. Conchita Martinez ronflait toujours.

« Attendez-moi ici, dit Castagnol à ses subordonnés, quelques questions et je suis de retour. »

Félix et Alphonsine levèrent en même temps les yeux, mais déjà Castagnol avait quitté les lieux.

* * *

Chapitre 28

Ludivine Beaufort s'étira avec volupté dans son lit, languide mais comblée. Abo Mondaywee l'avait quittée à l'aube. Au cœur de cette nuit torride, elle avait été une lionne que poursuivait un grand guerrier. Aouh ! Il la chassait dans la savane avec sa grande lance. Aouh ! Elle fuyait devant lui entre les hautes herbes, mais il la rattrapait. Et Ludivine sentait en elle la longue pointe acérée s'enfoncer. Ahou ! Toujours elle s'enfuyait et toujours le guerrier la suivait. La sagaie effilée l'atteignait sans relâche et la blessait sans cesse. Ahououh ! Que d'assauts avaient été donnés ! Profondément, la pointe meurtrière perçait sa toison fauve, sa peau brûlante, ses chairs endolories par la course. Ahou ahou ! Et la chasse avait duré jusqu'à l'aurore, dans la moiteur de la nuit tropicale. Sous l'œil roux de la lune ! Ahouh !

Ludivine se résolut à se lever. Il était déjà tard. Elle enfila sa robe de chambre et se chaussa de mules. Elle avait faim. Fidji, la chatte, s'approcha d'elle et la flaira avec prudence et suspicion. Ludivine la prit tendrement dans ses bras :

« Je crois que ta maîtresse est un peu folle, mais si heureuse ! »

Ce matin-là, Ludivine Beaufort se sentait une autre femme, tout à la fois plus forte et plus tendre. L'amour était venu la visiter. Elle s'avouait enfin combien la solitude lui pesait. Mais elle n'était plus seule désormais. Abo Mondaywee reviendrait, il lui avait promis, c'était la parole d'un prince ! Elle se dirigea vers la cuisine, suivie de la petite chatte. Du réfrigérateur, elle sortit une bouteille de jus d'orange. La boisson dans sa bouche avait un goût sucré, comme un goût de soleil. Elle prit aussi la bouteille de lait et la grande boîte de céréales. D'abord, elle servit Fidji dans une petite soucoupe à côté du placard. Elle s'installa ensuite à la table de la cuisine et remplit un grand bol de lait et de flocons dorés. Un rayon de soleil perçait par la fenêtre, inondant la pièce d'une douce lumière. Son cœur également était illuminé. Elle chantonnait tout en mangeant, laissant ses pieds, maintenant déchaussés, se balancer librement sous la table. Ahouh !

Quatre coups brefs : on frappait à la porte. Elle n'attendait personne. Avec prudence, elle entrouvrit. Un homme se tenait sur le seuil. D'assez petite taille, le visiteur devait avoir passé la cinquantaine. Très droit, il avait un visage carré aux traits accentués, un regard dur, mais franc, des cheveux bruns coiffés sur le côté. Il portait un costume gris sur un corps qu'on devinait massif, ainsi qu'une cravate, à petits damiers rouges et bleus. Sa physionomie dégageait une impression d'autorité et de puissance. Il se présenta :

« Christian Castagnol, Directeur du Département de Vigilance du Muséum d'Histoire Naturelle. Pourrais-je vous poser quelques questions, Mademoiselle ? » En même temps il exhiba sa carte.

« Entrez Monsieur, répondit Ludivine, ouvrant la porte, pardonnez ma tenue matinale, je dois encore me préparer... »

Castagnol pénétra dans le coquet appartement. Quel contraste avec celui du professeur Poiret ! L'ameublement témoignait d'un grand raffinement. Même en déshabillé, la propriétaire donnait l'impression d'une femme du monde. Assurément elle était belle. D'une beauté peut-être un peu trop régulière, pensa le Chef.

« De quoi souhaitez-vous m'entretenir ? » demanda Ludivine qui, de la main, désigna un fauteuil à Christian Castagnol.

« Du professeur Poiret, votre voisin, Mademoiselle, nous sommes sans nouvelles de lui depuis un certain temps. »

Ludivine marqua un peu d'étonnement. Aristide Poiret était la dernière personne à qui, pensait-elle, pouvait arriver quelque chose.

« Quand avez-vous rencontré le professeur pour la dernière fois ? »

«Oh, mon Dieu, attendez, répliqua Ludivine, avant-hier soir, je crois… »

« Et depuis ? »

« Eh bien…non, que je sache. »

« Evidemment, Mademoiselle, cette *disparition* pourrait paraître tout à fait anodine s'agissant d'un homme de son âge, cependant certains indices en notre possession nous laissent supposer que quelque chose de… *malheureux* a pu lui arriver… Ce matin, un objet d'une valeur inestimable, un os d'une très haute antiquité, trouvé au Toufoulkan, a disparu de son appartement. »

« Oh ! Mon dieu ! s'écria Ludivine. Un vol ! Bien entendu, je suis tout à fait désolée qu'une mésaventure soit advenue à ce bon professeur, tout comme je déplore que sa précieuse découverte ait été dérobée. Cependant, je crains fort de ne pouvoir vous être utile, en aucune façon. Je n'ai rien vu, ni entendu ! Quant à Monsieur Poiret, c'est un voisin que je croise parfois. Nos relations s'arrêtent où finit l'escalier. »

« Veuillez, je vous prie, pardonner l'insistance que je mets à poser des questions qui pourront quelquefois vous paraître indiscrètes, Mademoiselle ; je ne fais là que m'acquitter de mes obligations. Vous avez hébergé cette nuit l'un de vos amis, n'est-ce pas ? »

Le visage de Ludivine devint tout rouge.

D'un ton pincé elle lança :

L'os du Toufoulkanthrope

« En effet, j'avais un invité. Je ne vois pas très bien quel intérêt cela peut présenter pour vous ».

Castagnol sortit de sa poche une petite fiche :

« S'agissait-il d'un certain... Monsieur Abodium Modaywee, Mademoiselle Beaufort ? »

« Oui, c'est exact, répartit assez sèchement Ludivine, vous êtes renseigné ! »

« Savez-vous où se trouve cet homme ? »

A ces mots, elle sentit la crainte l'envahir.

« Qu'est-il arrivé ? lança-t-elle, et que lui voulez vous? Monsieur Mondaywee, est reparti dans son pays... il y occupe d'importantes fonctions... »

« A quelle heure vous a-t-il quitté ce matin ? »

Ludivine sentit croître la colère en elle :

« Vers six heures ! Dois-je aussi vous donner le détail de notre emploi du temps ? »

« Inutile, sans être grand sorcier je puis le deviner. Monsieur Mondaywee vous a-t-il indiqué où il se trouvait, hier dans l'après-midi ? »

Ludivine se mit à réfléchir, l'air bougon.

« Ah, oui, cela me revient, Il se trouvait au ... Muséum d'Histoire Naturelle, un colloque... Je crois. »

Castagnol marqua une pause et plongea la main dans sa poche... Il sentit sous ses doigts le paquet de gommes à mâcher *Nicobisque*... Du coin de l'œil, il observait les réactions de Ludivine. Elle avait un peu hésité avant de dire : Muséum...

«Depuis quand connaissez-vous Monsieur Mondaywee ? » s'enquit-il.

« Dois-je absolument vous répondre ? »

« Il vaudrait mieux, Mademoiselle, avant que d'autres que moi vous posent les questions. »

Confusément, elle sentit la menace. Elle résolut d'être prudente.

« Depuis deux jours, dit-elle, avec un peu d'irritation. Monsieur Mondaywee est entré en contact avec moi dans le cadre d'une procédure visant à la récupération d'objets d'arts... »

« Vous a-t-il dit d'où il venait ? »

« Bien entendu ! Il représente une organisation d'états de l'Afrique de l'Est... »

La voix de Castagnol se fit soudain plus dure :

« Permettez que je m'étonne d'une pareille imprécision, Mlle Beaufort... Les renseignements que je possède indiquent que votre ami est originaire du TOUFOULKAN ! Le TOUFOULKAN, cela vous dit-il quelque chose ? Ou bien dois-je vous rappeler que c'est justement là que fut découvert l'os de Monsieur Poiret, l'os du TOUFOULKAN-THROPE ? »

Ludivine sentit des frissons l'envahir. En elle, un doute atroce était en train de naître. Se pouvait-il qu'Abo... qu'Abo... Oh non ! Elle gardait en lui une absolue confiance.

Elle affirma :

« C'est impossible, je ne peux croire que mon ami... »

Castagnol la coupa :

« Je suis au regret de vous dire que le faisceau de présomptions pesant sur Monsieur Mondaywee est extrêmement lourd. Et nous savons aussi qu'il n'a pas agi seul ! Une femme se trouvait avec lui, ce matin, lorsque fut agressée Madame Martinez, l'employée de maison du professeur Poiret. »

Ludivine eut un tel mouvement de surprise que la petite chatte, blottie sur ses genoux, sauta d'un bond à terre. Castagnol observait toutes ces réactions de son regard perçant. Son interlocutrice perdait de l'assurance. Au fond d'elle, il devinait le doute qui naissait.

Cependant Ludivine avait un peu recouvré ses esprits.

«Dois-je déduire que vous insinuez que Monsieur Mondaywee et moi-même serions mêlés à cette histoire... à ce vol d'ossements ? Ah ! Ah ! Tout cela est absurde, cher Monsieur Castagnol, totalement absurde ! Je dois me préparer... voudriez-vous, s'il vous plaît, me laisser... »

«Reconnaissez-vous cet objet ? Nous l'avons découvert dans le salon du professeur Poiret. »

Castagnol mit la main dans sa poche et en tira la petite culotte.

A nouveau, le visage de Ludivine tourna à l'écarlate. Elle ressentit comme une forme d'injustice perverse les insinuations contenues dans les questions de Christian Castagnol, de même qu'elle était humiliée de devoir y répondre...

« Oui, souffla-t-elle, serrant les dents de rage, cet objet m'appartient. Il n'est pas rare, quand le vent... »

Le Chef poursuivit sans écouter la suite.

« Sans doute éprouverez-vous quelque peine, Mademoiselle, à justifier que l'un de vos... *effets intimes* ait pu servir à bâillonner l'employée du professeur Poiret, le jour même du crime... »

La pauvre Ludivine semblait anéantie. Elle se pencha vers la petite table, cachant la tête dans ses mains. Ce faisant, l'échancrure de sa robe de chambre offrit au détective un ravissant spectacle. Autour du cou elle portait une fine cordelette de couleur sombre à laquelle était suspendue une étrange amulette. On eut dit une figue de cuir, noircie et racornie. Testicule de lion, songea aussitôt Castagnol. Les guerriers de l'Afrique de l'Est offrent aux femmes qu'ils convoitent les parties viriles des fauves, ou bien des ennemis tués. Elles sont conservées par déshydratation, en les exposant au soleil. Au cours de ses missions, Castagnol en avait vu des grappes qui séchaient à l'entrée des villages. A cet instant, l'amulette pendait entre deux hémisphères, d'une harmonie parfaite...

Pendant ce temps, Fidji miaulait sous la commode.

« Permettez Mademoiselle, que je reprenne mon discours, enchaîna Castagnol. Voici comment l'on peut supposer que les faits se soient à peu près déroulés... »

Il se leva, s'éclaircit la voix, et plongea les mains dans ses poches en déambulant dans la pièce.

« Les Services du Toufoulkan, désireux de récupérer l'os, dit du Toufoulkanthrope, pièce unique ramenée d'une expédition paléontologique par le professeur Aristide Poiret, et qu'ils considèrent, plus ou moins justement, comme soustraite à leur patrimoine historique, cherchent un moyen de la récupérer. Ces mêmes services, soucieux d'accéder, sans prendre trop de risques, au domicile du professeur, s'intéressent à vous ! »

Par l'échancrure de la robe de chambre les formes qui s'offraient à la vue de Christian Castagnol étaient en tous points magnifiques !

« Non seulement, vous vivez seule, Mademoiselle Beaufort, mais, par ce qu'il est convenu de nommer un bien *heureux hasard*, vous travaillez au Service de Recouvrement des Objets d'Art Spoliés !
(Ballet de sourcils éloquent.) Mission de vous séduire est confiée à l'un de leurs agents, bellâtre stipendié se faisant passer pour un Prince : monsieur Abodium Mondaywee – continuons à l'appeler ainsi, si vous le voulez bien. »

Une vallée heureuse s'étalait entre deux collines d'albâtre.

Ludivine ne bougeait toujours pas.

« Avant-hier, au prétexte futile de s'occuper de quelques statuettes, cet agent vous contacte et, jouant de son charme, vous convainc de bien vouloir servir la *juste cause du Toufoulkan*... A votre tour, vous devez séduire le paléontologue... ce dont vous vous acquittez avec infiniment de zèle, allant jusqu'à laisser chez lui vos effets personnels ! »

Plus haut on devinait, s'élevant vers le ciel, de délicieux reliefs, sombres et escarpés.

« Hier après-midi, habilement dissimulé sous un costume de guerrier africain, votre amant se rend au Muséum d'Histoire Naturelle. L'un de nos hommes, plus savamment déguisé encore, le repère au Jardin des plantes, *filant* le professeur. Malheureusement, en début de soirée, notre agent perd la trace de celui qu'il devait surveiller. Et là, tout simplement, votre... ami en profite pour se débarrasser de Monsieur Aristide Poiret. »

Le dos de Ludivine était désormais agité de frissons. Castagnol ne put s'empêcher d'éprouver un peu de compassion.

« Dois-je vous raconter la suite, Mademoiselle Beaufort ? De très bonne heure ce matin, vous descendez au domicile du professeur, dont vous vous êtes approprié les clés, pour accomplir votre forfait ! Malencontreusement, vous vous faites surprendre par Madame Conchita Martinez, la femme de ménage. Votre amant l'assomme d'un grand coup de tibia. Après quoi, de peur qu'elle ne revienne à elle, et ne donne l'alerte, vous l'attachez avec le fil d'une lampe électrique et la bâillonnez, sans y prêter plus d'attention, à l'aide du premier morceau de tissu vous tombant sous la main... l'ironie du sort veut que ce soit votre propre culotte ! Il ne reste à votre protégé qu'à sortir de l'immeuble, alors que vous-même regagnez votre chambre. »

Castagnol marqua à nouveau une pause après cette longue tirade, la bouche sèche, en proie à la plus grande envie de fumer que, jamais, il n'avait éprouvée.

Dans sa main les petites tablettes de Nicobisque qu'il avait, tout en marchant, malaxées de manière inconsciente, formaient une pâte gluante qui lui collait aux doigts. Il avait touché juste. Ludivine, les coudes étalés sur la table avait la tête dans ses bras. Elle pleurait à chaudes larmes.

Hiiii ! hiii ! hiii ! hiii !

Le Chef dut se faire violence. Il n'aimait pas les victoires faciles. D'une voix basse et ferme il ordonna :

«Je vous serais reconnaissant de bien vouloir me suivre au Muséum d'Histoire Naturelle, Mademoiselle Beaufort ! »

Ludivine leva la tête... elle ne pleurait pas, oh non! Un grand rire jaillit d'entre ses lèvres finement dessinées. Ses yeux brillaient. Hiii, hiii hiii hiii !

Pour un homme, le rire d'une femme est parfois d'une terrible et froide cruauté. Le Chef se rembrunit. Elle ajouta :

« Est-ce tout ? Vous ne manquez pas d'une imagination fertile, cher Monsieur Castagnol ! Malheureusement votre histoire a du mal à se tenir debout ! Ha, ha, ha ! »

Ludivine sortit du secrétaire la lettre qu'Aristide lui avait envoyée :

Chère voisine
Nous devons sans doute au caprice du temps...

La lettre était datée et signée du professeur Poiret. Elle remontait à l'avant-veille. Oh non, Ludivine n'était pas de celles qui abandonnent leurs petites culottes chez le premier venu ! Le détective eût dû interroger la corde d'étendage ! Ah, ah, ah! Quant à l'identité et titres de Monsieur Mondaywee, ils étaient là gravée sur l'amulette qu'elle portait au cou. Avec fierté, elle lui montra, inscrite en minuscules lettres d'or, par-dessus le blason des rois du Toufoulkan, l'inscription suivante :

Genuine royal lion ball.
S.A-A.M.
(Véritable couille de lion royale, Son Altesse, A. Mundaywee.)

L'os du Toufoulkanthrope

S'il plaisait à Monsieur Castagnol de poursuivre l'enquête, qu'il aille vérifier si le sceau était bien authentique ! Elle ne répondait pas de ce qu'il pourrait advenir concernant ses propres attributs ! Ho, ho, ho, ho!

C'était le tour de Castagnol de baisser humblement la tête. A l'évidence, il s'était trompé *sur toute la ligne*. Il ne détestait rien moins que d'être pris en faute. Il dut présenter des excuses, prétextant un concours de coïncidences troublantes et le devoir qu'il avait de *tirer au clair* une affaire qu'il qualifiait de *ténébreuse*. Aussi, eût-il dû se méfier davantage, la plaque de caldium soudant son omoplate ne s'était à aucun moment manifestée de manière probante. Une ombre traversa son esprit : il vieillissait ! Oui, c'était bien cela. D'ailleurs, il atteindrait l'âge de la retraite, à la fin de l'année. Jusque-là, il avait refusé d'y penser. Le poids des ans se rappelait à lui !

Le chef se redressa pourtant. Il fit ses politesses à Mademoiselle Ludivine Beaufort, et se retira, un peu raide, mais toujours digne.

Ha ! Ha ! Ha ! Hi ! Hi, Hi !

* * *

Chapitre 29

A nouveau Castagnol se retrouva dans l'appartement du professeur Poiret. Dès qu'il le vit, Félix Despentes ne put s'empêcher de penser que le patron faisait une *drôle de tête*. Indiscutablement, quelque chose semblait changé en lui, un détail d'abord indéfinissable mais qui soudain apparut évident. *Un coup de vieux* ! On eût dit que le chef avait pris soudain quelques années de plus. Probablement à cause de l'enquête, elle n'avançait pas. L'on se trouvait toujours devant une nouvelle énigme.

Près du balcon, Despentes était toujours aux côtés d'Alexandre. Cet arbuste était véritablement étonnant. On l'eût dit animé d'une forme de sensibilité très fine ; il semblait même qu'il comprît tout ce qu'on lui disait et tâchât lui aussi de livrer sa pensée. Félix s'était mis à éprouver pour lui une grande affection.

Dans le bureau régnait beaucoup d'animation. Conchita Martinez s'était fort bien remise de son coup à la tête. D'ordinaire très réservée, elle était en train de parler à voix haute. Il semblait même que le rude contact de l'os du Toufoulkanthrope lui ait délié la langue. A moins que ce ne fût le verre d'Armagnac, cuvée spéciale, qu'on lui avait fait boire. Elle s'était mise à raconter sa vie, avec force détails, devant une assistance qui l'écoutait avec une grande attention. Le docteur Jarricout et Madame Belhadj étaient revenus eux aussi. La longue et pathétique histoire de Conchita Dolores Martinez aurait pu constituer le sujet d'un intarissable roman. Un histoire de sang et de lumière, à laquelle ne manquaient ni les sinistres étendues d'Estrémadure, ni les rigueurs cruelles des couvents, ni les ors éclatants, ni l'amour, ni le crime !

Subjuguée, Albertine écoutait, ses courts sourcils froncés et les dents en avant.

Castagnol s'était rapproché de Despentes :

« Alors, mon vieux, quoi de neuf ? »

« Attendez, Chef, laissez-moi réfléchir ! »

Décidément, ce n'était pas son jour ! Jamais, jusqu'à présent, Despentes ne lui avait parlé d'une telle façon. La vieillesse ! Ce devait être ça ! Tout perdre peu à peu, ses cheveux, puis ses dents, puis son autorité... Félix était penché sur Alexandre, comme s'il eût revu un vieux copain d'école ! Ils devaient échanger des souvenirs communs ! Les végétaux parlent aux végétaux ! Triste époque !

« **Bon Sang, ça y est, Chef !** » s'écria soudainement Despentes.

Castagnol sursauta. Félix s'agitait comme un diable. Il reprit :

« Ca y est ! J'ai trouvé, Chef ! La femme ! »

« Quelle femme ? » demanda Castagnol d'un air las.

« Celle qui a volé l'os du Toufoulkanthrope ! »

Le Chef se tourna vers son subordonné, articulant avec lenteur :

« Allez-y, Despentes, au cours de ma longue carrière, jamais je n'ai négligé une piste. Cependant je dois vous avertir que :

Si d'aventure,
Vos informations s'avéraient saugrenues,
Je me verrais contraint de vous flanquer
Un bon rapport au cul.

Me comprenez-vous bien ? Je vous parle en ami, vous devez réfléchir... »

« C'est tout réfléchi Chef. Une femme en petit béret et des robes trop longues... Vous avez deviné ? »

« Quoi ? Vous voulez parler de... »

« Oui, c'est bien ça, Patron, Madame Chenillard ! »

Madame Chenillard ! Castagnol faillit s'en étrangler. Devant ses yeux se dessinait la silhouette gauche de Solange Bouffier, ses bérets ridicules, ses robes à fleurs, façon hippie de la Sarthe ! Ah non, c'en était trop ! Despentes avait touché le fond ! Le chef sentait monter en lui une juste colère. Il fixa sur son subordonné un regard venimeux :

Aïe, aïe, aïe, son épaule ! Il ressentit des élancements foudroyants.

Se pouvait-il vraiment ? Madame Chenillard ?

Oui, oui, oui ! Criait la plaque de caldium.

Oui, oui, oui ! Hurlait dans son cerveau la petite balle perdue.

Oui, oui, oui ! Chantaient en chœur ses articulations.

« Mais comment diable avez-vous fait pour en arriver là ? » demanda le Chef à Despentes.

« Rien de plus simple, répliqua ce dernier, le langage des plantes ! Mon copain Alexandre a tout vu, c'est pourquoi il faisait de grands signes quand on est arrivé. Au bout d'un moment, j'ai fini par comprendre. Alors, on a un peu discuté tous les deux... »

Castagnol hésita, mais au fond il était beau joueur.

« Vous pourriez bien avoir raison, Félix, tout cela est à peine croyable ; permettez-moi de vous féliciter. »

Félix ! Despentes ne manqua pas de remarquer avec fierté que, pour la toute première fois, le Chef l'avait nommé Félix.

Un grand bruit se fit entendre venant de l'escalier, comme si l'on traînait quelque chose de lourd. Aussitôt, le silence se fit et l'on se précipita vers l'entrée. Le spectacle était pour le moins surprenant. Deux jeunes gens, bizarrement vêtus, soutenaient un autre individu, sensiblement plus âgé qu'eux, qui portait un étrange habit vert !

Le professeur Poiret ! Il était inconscient et recouvert de sang.

« Vite, portez-le dans sa chambre, » ordonna le docteur.

On allongea le professeur dans son grand lit de chêne.

« Nous l'avons découvert sous le musée d'Histoire Naturelle, déclara l'un des jeunes. On faisait une petite virée dans les souterrains du quartier. On appelle ce coin *la caverne des dinosaures*. C'est très chouette pour de petites fêtes. Et là, on a trouvé ce type. Alors on a regardé ses papiers et on l'a ramené jusqu'ici... »

Despentes regardait la scène, plein d'incrédulité. Se pouvait-il vraiment ? Mais si ! il ne put s'empêcher de crier :

« Didier ! Mon fils ! »

« Papa ! répondit le jeune homme, mais qu'est-ce que tu fais là ? »

« Enquête, dit sobrement Despentes, une sacrée affaire ! »

Une lueur brilla dans les yeux de Didier. Ainsi son père s'occupait d'affaires importantes... L'autre jeune homme aussi était impressionné. Félix l'avait déjà rencontré quelque part... Oh oui, bien sûr ! Shyllock ! Il le salua gentiment puis lui dit à voix basse :

« Il faudra qu'on se revoie plus tard... un petit *dépannage*... »

Pendant ce temps, le docteur Jarricout auscultait le professeur Poiret.

« Hum, hum, vilaine blessure. Il a perdu beaucoup de sang. Mais il est costaud le bonhomme. Le cœur a résisté. »

Le professeur était livide. Ses traits tirés exprimaient une grande souffrance. Il respirait avec difficulté. Conchita Martinez se tenait près de lui, allant et venant d'un bout à l'autre du grand lit, les mains jointes. Aïcha Belhadj cherchait des linges propres pour faire un pansement. Castagnol observait, impassible.

« J'ai entendu du bruit et je suis descendue ! »

Ludivine avait fait son entrée dans la pièce. Elle s'était changée, portant une tunique rouille sur un pantalon noir. Son frais parfum emplit soudainement les lieux. Aristide émit un faible grognement.

Nous n'avons pas encore parlé de l'habit du professeur Poiret. Détrempé par la pluie, maculé par le sang, souillé, enfin, par la poussière jonchant le sol de *la caverne aux dinosaures*, le costume s'était recouvert d'une croûte verdâtre, toujours luminescente, qui évoquait le jade dont on parait jadis les empereurs chinois. Ainsi vêtu, Aristide avait pris l'apparence de ces gisants habillés d'une armure de pierre.

A deux reprises encore, le blessé s'était mis à gémir, le corps était tendu comme une corde. Il souffrait.

« C'est étrange, très étrange, » murmura le docteur Jarricout.

Patrick Jarricout avait longtemps pratiqué ce que l'on nomme la *médecine humanitaire* en divers points du globe. L'expérience quotidienne du dénuement le plus complet lui avait enseigné la stricte économie en matière de soins. Dès lors, il pratiquait, le plus souvent, une médecine *douce*, très *douce*, presque molle, administrant à ses patients quelques bons morceaux de musique, plutôt que de les assommer de remèdes, inutiles et coûteux. *Quand on a amputé avec des scies de bûcherons, on ne peut plus soigner un rhume avec des médicaments hors de prix !* Les bobos des bobos ne l'intéressaient pas ! Telle était sa philosophie, qui le privait, au demeurant, d'une nombreuse clientèle. L'autre enseignement qu'il avait retiré de ses séjours lointains était que, toute science, fût-elle occulte, pouvait procurer des résultats souvent inattendus.

« C'est étrange, très étrange... Il ne semble pas que la seule blessure puisse expliquer l'état du professeur Poiret. »

Il se gratta la tête :

« On dirait un... envoûtement ! »

A ces mots, un frisson parcourut l'assistance.

« Rassurez-vous, poursuivit le docteur, l'envoûtement est attesté depuis l'antiquité et le mécanisme en est simple. Bien souvent, ces pratiques trouvent leur origine dans une solide connaissance de l'âme humaine, nous dirions de la psychologie. »

Il marqua une pause. Dans la pièce régnait un silence pesant que, seuls, quelques gémissements du professeur Poiret interrompaient parfois.

« Dans le cas qui nous intéresse, il semble bien que nous ayons affaire à un sortilège puissant, regardez cette lueur verdâtre qui émane de lui, poursuivit le docteur. Quelle heure est-il ? »

La question ponctua le discours, d'une manière assez inattendue.

Il était onze heures et demie.

Le docteur se tourna vers Christian Castagnol.

« N'avez-vous rien trouvé, en visitant l'appartement ? Quelque chose dont la présence vous ait paru suspecte « ?

« Je ne vois pas, répondit Castagnol, à moins que... peut-être... »

Il tira de sa poche la petite culotte...

Un terrible hurlement jaillit des lèvres blêmes d'Aristide Poiret :

L'assistance avait reculé d'un seul et même mouvement.

Le professeur hurlait toujours plus fort. Une abominable épouvante se lisait dans ses yeux révulsés. Son corps était saisi d'atroces contractions qui bandaient tous ses muscles d'une manière paroxysmique.

Sa voix jaillissait en un râle de sa poitrine, oppressée, palpitante...

C'était un spectacle effroyable. Conchita Martinez et Aïcha Belhadj récitaient des prières, l'une à l'endroit, l'autre à l'envers.

La pellicule de couleur verte qui couvrait les habits du professeur Poiret s'était mise à devenir mouvante, à la manière d'une aura de lumière.

Dans son coin, Ludivine Beaufort observait la scène, interdite, son beau visage plus rouge que pivoine.

« Plus que quelques instants, » déclara le docteur, conservant son sang froid, et consultant sa montre.

Les douze coups de Midi s'égrenèrent bientôt, venant de Saint-Médard.

Alors, en un tourbillon de luminosités vertes, les fluorescences qui entouraient le professeur Poiret se dissipèrent dans la pièce, tournoyant et sifflant. Et tout soudain, un calme lourd s'abattit sur les lieux. Aristide parut s'affaisser dans son lit, tranquille, terrassé par un sommeil de plomb.

« Et voilà ! déclara le docteur Jarricout, la crise est terminée, l'humeur libidineuse s'est volatilisée, laissons notre ami reposer. »

« Bon sang, dit Castagnol en s'essuyant le front, qu'est-ce que c'était Docteur ? »

Le médecin eut un petit sourire :

« Un démon ! Cher Monsieur, et de la pire espèce : le démon de Midi ! »

A son tour, Castagnol sourit avec malice.

Ludivine, elle, ne riait pas du tout.

* * *

Chapitre 30

Tous ces événements avaient quelque peu dissipé les esprits. Aristide dormait désormais du sommeil du juste, délivré de son affreux démon. On eût dit un enfant sagement allongé. Indiscutablement la scène revêtait un aspect intimiste et touchant.

Toutefois le docteur Jarricout semblait préoccupé.

Quelques instants plus tard, le professeur balbutia en avançant les lèvres :

« **Le … Le … L'Os** »

« Que dit-il ? » demanda Castagnol

« Il réclame son os, repartit le docteur. C'est bien là ce que je redoutais, le patient, soulagé des miasmes délétères de l'érotomanie, en revient à ses premiers soucis. Dans bien des cas, ce retour se produit sans le moindre problème. Mais ici, compte tenu du violent traumatisme qu'a subi le patient, je crains fort que s'il venait à découvrir la disparition de sa précieuse découverte, il n'en soit affecté d'une manière qui mette en cause son équilibre psychologique.

Cette remarque eut pour effet d'alerter Castagnol. Il fallait au plus tôt poursuivre les recherches, retrouver les coupables. Le Chef s'adressa à Despentes :

« Je suppose, Félix, que vous avez demandé à votre ami l'arbuste qui était le complice de Madame Chenillard, n'est-ce pas ? »

« Bien sûr, Chef, mais Alexandre n'a pas pu me répondre. Il entrait dans sa phase de *régénération chlorophyllienne…* Le phénomène se produit toutes les trois heures et inhibe complètement les facultés communicatives des végétaux de son espèce. »

« Trois heures ! D'ici là le professeur se sera réveillé ! » se lamenta le docteur Jarricout !

Le plus urgent était de contacter Madame Chenillard. Castagnol s'adressa à Despentes :

« Il faut retrouver cette femme, Félix, essayez de lui téléphoner, peut-être est-elle chez elle. C'est la seule personne qui sache où est passé ce satané tibia. »

En attendant, il fut décidé d'aller chercher de quoi se restaurer. Didier Despentes et Shyllock annoncèrent qu'il y avait tout près une *sandwicherie* et prirent les commandes.

« Personne ne répond, » annonça tristement Félix, revenant dans la pièce.

L'Os ... l'Os ...

De plus en plus souvent, Aristide Poiret s'agitait dans son lit.

« Pensez-vous que le professeur Chenillard puisse être la personne que nous cherchons ? » demanda Despentes à Castagnol.

« L'hypothèse d'un forfait familial me paraît hasardeuse, lui répliqua le Chef. Je vois mal Chenillard se lancer dans une autre aventure grotesque. De plus, ce n'est un secret pour personne qu'il entretient avec sa femme des relations distantes. »

Castagnol et Despentes cherchaient vainement une piste. Bien qu'extrêmement rare, l'os du Toufoulkanthrope ne représentait pas une valeur marchande. Il eût été problématique de vouloir négocier un tel objet auprès d'hypothétiques amateurs d'ossements. Le Chef penchait plutôt pour *une affaire interne* liée au milieu paléontologique.

Les jeunes gens ramenèrent les *sandwiches* ainsi que le journal.

Jambon, fromage ?

Pour l'instant, les seuls indices que l'on connût au sujet du supposé voleur était sa haute taille ; il n'avait, par ailleurs, laissé aucune empreinte.

L'Os ... l'Os ...

Le professeur récupérait rapidement des forces.

Chèvre chaud, brocolis ?

Castagnol réfléchissait, le front plissé. Un voile noir passait parfois devant ses yeux.

Champignons, tomates, anchois ?

Chorizo, poivrons rouges ?

« Attendez Despentes ! s'écria Castagnol. Quelque chose me revient au sujet des empreintes. Vous avez dit que le voleur ne portait pas de gants ? »

-C'est bien ça, Chef, pas de traces de gants par-dessus les empreintes du professeur Poiret.

-Si bien que le coupable n'a laissé ni marque de gants, ni empreintes de doigts? Demanda Castagnol.

-Aucun doute là-dessus, Patron, » confirma Félix, sûr de lui.

Saumon, crevettes, oignons ?

« C'est pour moi ! » déclara Ludivine avec timidité. Depuis le début de la scène, elle était à l'écart, plongée dans ses pensées. A dire vrai, elle éprouvait un sentiment diffus de culpabilité. Sans répit son esprit la ramenait quelques jours en arrière, sur le balcon de la cuisine, lorsque la petite culotte avait été emportée par le vent. Par le vent ? La voix de sa conscience lui murmurait sans cesse qu'elle avait provoqué le destin... Oh pauvre professeur ! Oh pauvre Ludivine !

« Je ne vois plus qu'une solution, affirma Castagnol. Le coupable est un homme sans doigts ! »

A ces mots la lumière apparut, dans toute sa clarté. Les deux hommes s'écrièrent en chœur :

SIR WILLIAM WORTLEY !

Sir William Wortley! L'homme sans phalanges ! Le paléontologue de sa gracieuse majesté ! Lui aussi assistait à la fête ! On lui attribuait dans les couloirs du Muséum d'Histoire Naturelle une ancienne et galante aventure avec

Mademoiselle Solange Bouffier, peu avant qu'elle ne devînt Madame Chenillard !
 L'Os ... L'Os ... du Tou ...

La solide constitution d'Aristide Poiret lui faisait recouvrer ses esprits bien plus rapidement qu'on ne l'eût supposé. Le temps pressait.

Les nerfs noués, chacun tentait de *tuer le temps*. Ludivine s'efforçait de lire le journal. *L'affaire Câlinou* occupait une page. On avait découvert dans la composition des célèbres petites boîtes, toutes sortes de protéines suspectes, provenant de déchets d'hôpitaux, voire des services des pompes funèbres ! Ludivine en eut un haut le cœur.

Enfin, l'on gratta à la porte, tandis que du palier parvenaient de longs reniflements. Sur le seuil, le béret de travers et les cheveux collés sur son front ruisselant, Madame Chenillard pleurait à chaudes larmes. Alphonsine la fit entrer, la priant de s'asseoir sur l'un des fauteuils du salon.

« Je n'y suis pour rien, c'est William qui a monté le coup, sanglotait-elle, j'ai honte, j'ai honte, tellement... »

« Ne perdons pas de temps, Madame ! Dites-nous simplement où est l'os. Il en va de la vie de Monsieur Aristide Poiret que vous voyez ici. »

Solange se décida enfin à passer aux aveux:

« C'est hier, en arrivant chez moi, j'ai trouvé Fifi, ma petite chatte, cuite au four ! Après, mon mari s'est mis à boire du whisky, il était ivre mort. Et avant il n'avait pas cessé de regarder cette Samantha Carré-Lamanon ! J'étais désespérée. Je voulais en finir ! Alors j'ai téléphoné à mon ami William. Je l'avais rencontré au Muséum d'Histoire Naturelle, à la fête, on se connaît depuis longtemps ! Et il est venu me chercher, cette nuit. J'avais trouvé les clés du professeur Poiret, oubliées chez Mimi, la marchande de petites culottes, l'après-midi, en payant ses achats. Alors quand William l'a appris, il m'a forcé à venir ici, ce matin, pour prendre l'os de Monsieur Aristide ! »

Tout cela était pour le moins décousu !

« Ah, cette fois, je comprends, les voix à l'hôpital ! » ne put s'empêcher de noter en aparté Alphonsine : « bouter les Anglois hors de France ! »

« Je vous en conjure, Madame ! dit Castagnol, hâtez-vous de nous dire où peut se trouver Sir William. »

Madame Chenillard jeta un regard au professeur Poiret. Ce dernier avait un bras tendu, hors du drap, en un mouvement pathétique.

L'Os ... L'Os du Touf ...

« William m'a dit qu'il prendrait le train vers trois heures, à la Gare du Nord. » La pauvre femme cacha son visage dans ses mains, et se mit à pleurer de plus belle.

Il restait moins d'une heure avant le réveil d'Aristide.

* * *

L'os du Toufoulkanthrope

Chapitre 31

Il restait moins d'une heure avant le réveil d'Aristide !

Et celui-ci, sortant de sa torpeur, commençait à réclamer son os, avec une véhémence croissante.

« Ne pourrait-on pas lui donner quelque chose qui le fasse dormir ? » demanda Castagnol au docteur Jarricout.

Le médecin leva les bras au ciel :

« Il n'est pas en état de recevoir un nouveau sédatif. Le corps est affaibli, ce serait dangereux. »

De temps en temps, Aristide ouvrant les yeux, regardait l'assistance avec étonnement, puis sombrait à nouveau dans un état de semi inconscience.

« Mademoiselle Beaufort connaît peut-être quelque chanson, hasarda le docteur. Les berceuses ont sur les âmes innocentes des vertus supérieures à tous les somnifères. »

De plus ou moins bon gré, Ludivine s'exécuta et se mit à improviser d'une fort belle voix :

Fermer les yeux, cher professeur,
Votre os reviendra tout à l'heure...

Aristide Poiret souriait désormais, accompagnant d'un mouvement des mains, l'apaisante chanson.

Pendant ce temps, Castagnol, accablé d'impuissance, était au désespoir. L'enquête... elle allait s'achever d'une façon tragique ! Trop tard ... il était bien trop tard pour espérer sauver le professeur Poiret ! La balle perdue naviguait librement dans son cerveau fourbu. Un voile sombre, annonciateur d'une terrible crise, passait et repassait dans son champ de vision. Le *trou noir* ! Il le sentait venir inexorablement !

L'os du Toufoulkanthrope

Ah, se dit-il avec tristesse, que ne peut-on suspendre le cours du temps...

Suspendre le temps ?
Mais oui, peut-être ! Il cria :
« Madame Belhadj! S'il vous plaît, récitez quelque chose, un poème, une fable : la *cigale et la fourmi, le corbeau et le renard,* je vous en prie, faites vite ! »
Aïcha obtempéra, sans se faire prier. Curieusement, elle se mit à déclamer, à l'envers, *le lac,* de Lamartine :
! sruoj son ed xuaeb sulp seD
seciléd sedipar sel reruovas suon-zessiaL
!sruoc ertov zednepsuS
, seciporp sereuh, souv te ! lov not sdne psus, spmet O

(...)
(O temps, suspends ton vol ! et vous, heures propices,
Suspendez votre cours !
Laissez-nous savourer les rapides délices
Des plus beaux de nos jours !)

(...)

L'on se rappelle certainement que Madame Belhadj s'était mise à parler le *verlan intégral* à la suite de l'émotion qu'elle avait éprouvée en découvrant Conchita Martinez, ligotée dans l'appartement du professeur Poiret. Cette très curieuse affection avait pour conséquence de lui faire prononcer les paroles dans un ordre inversement chronologique au déroulement habituel du texte. De telle sorte que le défilement des périodes oratoires se trouvait, en quelque sorte, annulé par l'élan du discours vers sa source, à contre-courant, pourrait-on dire, de la chronologie narrative. Le résultat était qu'aussi longtemps qu'elle aurait la parole, le récit ne pourrait progresser !

L'os du Toufoulkanthrope

Madame Belhadj récitait, avec une grande justesse, d'une voix agréable. A l'envers, Lamartine était moins solennel, plus souple, poétique !

Un peu rasséréné, Castagnol appela Alphonsine, il était d'une extrême pâleur.
Approche... ma petite... Tu vas bien m'écouter... Je vais... avoir ma crise... tu sais... le... le *trou noir*... Alors tu vas en profiter... pour retrouver ... Sir William...à la... gare... Et ramener... le... l'os du T... Toufoulkanthrope...
Alphonsine sentit la main brûlante du Chef qui saisissait la sienne, et, tout de suite après, une secousse de tremblement de terre...

* * *

Chapitre 32

Lancée à une vitesse sidérante à travers l'espace spatio-temporel, Alphonsine le Gouverneur contemplait les toits de Paris avec une satisfaction non feinte. Au loin, se dessinait la grande tour grisâtre de la Gare du Nord.
A nous deux, Sir William Wortley !

Ce n'est un secret pour personne que les trous noirs se forment à la rencontre de la matière et de l'antimatière, projetant des faisceaux de particules fortement ionisées dans une dimension extra temporelle que l'imagination humaine a du mal à se figurer.
On sait moins l'influence de ces mêmes trous noirs sur les diverses molécules constituant l'enveloppe charnelle des êtres animés. Par souci de simplicité, indiquons seulement qu'ils agissent un peu de la même façon, le sujet se voyant projeté dans les profondeurs cachées de son identité, à la racine de son être, au-delà du miroir dont il use habituellement pour se représenter.
Il ne faut donc pas s'étonner qu'Alphonsine, nourrie dès sa plus tendre enfance de dessins animés, se fût transformée en super héroïne sous la forme d'une Jeanne d'Arc bionique...

Le T.G.V 9647, à destination de Londres, est annoncé sur le quai 17.
Vêtu d'un costume de tweed, Sir William se dirige vers le wagon n°15.
A nous deux, Sir William Wortley !
Devant lui se dresse une femme en armure, avec des cheveux roux.

Sir William : (*La considérant avec morgue.*) Je suis Sir William Wortley, quinzième Seigneur de Sausageberry, que me veux-tu ?

Alphonsine : (*D'un air tout aussi arrogant.*) Mon nom est Jeanne-Alphonsine Le Gouverneur, agent de sécurité du Muséum d'Histoire Naturelle, et je viens chercher l'os du Toufoulkhantrope !

Sir William : Passe ton chemin, chienne lubrique, ou je vais te couper en rondelles !

Alphonsine : Essaye un peu, bâtard, moi je vais t'arracher les nouilles.

Sir William : (*Ouvrant sa veste et se saisissant de l'os du Toufoulkhantrope qu'il fait tournoyer à la manière d'un sergent major.*) Prends ça, vilaine, peste soit de l'impudente femelle...

Alphonsine : (*S'écartant prestement et tirant son épée.*) Je vais t'embrocher Rosbif au jus de navet !

Les armes s'entrechoquent, des étincelles jaillissent. On s'est attroupé sur le quai.
Un passager : **Que se passe-t-il?**
Un autre passager : **On tourne un film, c'est pour la télévision japonaise.**

Sir William : Je vais te madériser, pucelle puante ! (*Il avance frappant de taille et d'estoc.*)

Alphonsine : Tiens attrape, grand dadet grand breton ! (*Sir William vient de lâcher son arme, qui roule sur le quai, l'épée d'Alphonsine s'est brisée dans l'échange. La jeune fille se précipite pour s'emparer de l'os.*)

Sir William: Ah ah ah ! Tu n'as encore rien vu ! Ribaude asexuée, obsédée virginale ! (*Sir William s'est jeté sur la jeune femme et lui donne des coups de phalanges coupées.*)

Un passager : Ah non ! Je trouve que le procédé manque de galanterie.

Alphonsine : (*Elle a roulé sur le dos, supportant tout le poids de son adversaire.*) Tu sens le mauvais pudding, Gros laid de Wortley!

Sir William : Fais ta prière, polissonne !

Des griffes rétractiles en acier de Manchester sortent des phalanges du perfide Anglais. Alphonsine se sent perdue.

Alphonsine : (En *aparté.*) Je suis foutre fichue ! Par les yeux, par le ventre, par les dents, Sainte Jeanne, aidez-moi !

Sir william s'apprête à pourfendre la pauvre jeune fille. On entend deux petits sifflements. L'Anglois porte les mains à son visage et les retire pleines de sang. Ce sont les canines d'Alphonsine, projetées en avant à la manière de petits missiles qui viennent de l'atteindre.

Alphonsine : (*Qui n'a pas lâché l'os.*) Merci Jeanne ! Merci la sainte Anatomie !

Des passagers : Bravo, bravo, félicitations !

Une voix : Alors, petite, qu'est ce que tu fais ? Viens vite ! (*C'est la voix de Christian Castagnol.*)

Alphonsine : J'arrive tout de suite, Chef !

Attention Mesdames et Messieurs le T.G.V. 9647 va quitter le quai, fermeture automatique des portières....

Sir William : (*A la fenêtre du wagon.*) On se retrouvera, **ouvre-boîtes** ! A bientôt !

* * *

L'os du Toufoulkanthrope

Épilogue

Le retour triomphal d'Alphonsine le Gouverneur dans l'appartement de la rue Lacépède sauva le professeur Poiret et marqua la fin des diverses affaires qui avaient agité le petit monde du Muséum d'Histoire Naturelle.

Christian Castagnol prit, peu de temps après, une retraite méritée, en compagnie de Madame Conchita Martinez avec laquelle il avait noué une tendre amitié.

Ce fut, tout naturellement, Despentes qui lui succéda à la tête du Département de Vigilance, secondé par Alphonsine le Gouverneur et par son propre fils, Didier, tout heureux de trouver un emploi.

Au bout de quelques jours, Madame Aïcha Belhadj, la concierge, recouvra peu à peu une élocution synchrone, quoiqu'elle ne s'exprimât désormais qu'en quatrains d'octosyllabes, dans la veine maniériste anacréontique des poètes de la renaissance française :

> « *En passant hier sur le palier*
> *Les longs fils de ma serpillière,*
> *En Pénélope du foyer,*
> *De ma tâche me sentis fière.* »

Quant au professeur Aristide Poiret, il se remit rapidement des épreuves subies.

Fut-ce en raison de la proximité des deux appartements ? Ou peut-être de certaines accointances d'esprit ? Mademoiselle Ludivine Beaufort prit l'habitude de rendre à Aristide de fréquentes visites. Tout au début, et bien qu'elle ne manquât ni d'intérêt ni de piquant, la conversation entre les deux personnes revêtit un aspect convenu. Mlle Beaufort se montrait attentive aux exposés paléontologiques, tandis que son voisin manifestait pour le recouvrement des objets d'art spoliés un réel intérêt. Toutefois, Ludivine appréciait le savoir du paléontologue. Il lui montra un jour quelques galets grossièrement taillés.

«Voici, lui dit-il, contenu dans ces quelques cailloux, l'essentiel de la Science et de l'Art. »

Puis il alla chercher dans la bibliothèque un gros volume intitulé : *Approche sémiotique de l'esthétisme contemporain*, et désigna la reproduction d'une œuvre de Robin van Täallick, exposée à New York : *l'essoufflement, ou la pensée glacée. Galet du Chlapotkotchack. 2001.*

La ressemblance était frappante !

Ainsi, remarqua Ludivine, Aristide Poiret possédait-il, au plus haut degré, cet *esprit de synthèse* qui lui avait permis de se hisser au-dessus de l'intelligence commune. Il semblait que son entendement pût s'exercer bien *au-delà* des simples apparences. Il pouvait, par exemple, considérant une aile de poulet, définir, avec une précision sans faille, toute la chaîne alimentaire qui avait conduit le malheureux gallinacé jusque dans son assiette.

Ce fut précisément autour d'un bon poulet rôti que les relations entre les deux voisins se réchauffèrent un peu. Le ciel était clair ce jour-là, l'air léger, on avait ouvert les fenêtres. Dès qu'elle était entrée dans le salon du professeur Poiret, Ludivine avait été saisie par une délicieuse odeur.

« Entrez Ludivine ! Lui avait-il crié, de la cuisine, encore quelques minutes, et tout sera fin prêt. »

Deux couverts avaient été déposés sur la table, d'habitude encombrée de dossiers, installée une nappe !

« Dois-je conclure à une invitation ? » avait-elle demandé, avec un grand sourire.

« Non ! Seulement une expérience scientifique ! Vous serez mon cobaye ! »

Le repas avait été parfait. Le poulet cuit à point. Le vin de Jurançon aidant, les deux amis avaient parlé et ri. Pour la première fois, on avait abordé des souvenirs communs.
« Comment se porte votre *ami* Chenillard ? »
« Aussi mal que possible. Les médecins l'ont déclaré perdu à la science paléontologique ! »
Quelques semaines auparavant, dans des circonstances obscures, le chef du D.P.A. avait été victime d'un étrange *accident* causé par l'explosion d'une bombe de mousse à raser. Depuis lors, il était hospitalisé, dans un état critique. Sa femme, Solange, l'avait quitté. On la disait en Angleterre.

Comme on le voit, une amitié sincère naquit entre les personnages. Lorsqu'il pensait à Ludivine, Aristide éprouvait une forme de plaisir rare, délicat et précieux. Il aimait en elle la faculté de tout comprendre et de s'émerveiller. En chaque circonstance, elle savait se montrer attentive, disponible, enthousiaste. De son côté, la jeune femme trouvait à son voisin la galanterie naturelle. Oh ! Non point cet intérêt factice et compassé que beaucoup d'hommes lui avaient témoigné. Non, Aristide possédait, sous les dehors d'une certaine austérité, une sensibilité bienveillante, un charme plein de retenue, une élégance, une noblesse spontanée de l'esprit et de l'âme...

L'on comprendra facilement qu'en de telles occurrences, il s'en fallût de fort peu pour que le commerce entre les deux amis se transmuât en sentiments d'une nature plus intime. Ce serait oublier les écueils qui, d'une part comme de l'autre, faisaient obstacle à ces inclinations.

Doit-on le rappeler, Ludivine avait promis son cœur à Monsieur Mondaywee. Le souvenir du grand guerrier ne l'avait pas quittée. La nuit d'amour torride, qu'ils avaient partagée, se rappelait à elle sous la forme de souvenirs fiévreux qui embrasaient son corps, des pieds jusqu'à la tête. Impatiemment, elle attendait un signe. Bientôt il reviendrait, il serait devant elle. Elle le revoyait, tenant son immense... éventail, et son cœur, douloureusement, se serrait. Mais le signe tardait, le temps passait... Abo devait s'occuper de son père et de la politique du lointain Toufoulkan !

Un autre obstacle à l'approfondissement des relations, entre les deux amis, trouvait sa source dans une forme assez complexe de pudeur mutuelle, à laquelle n'étaient pas étrangers des sentiments aigus de culpabilité... En son for intérieur, Ludivine ne pouvait s'empêcher de penser que rien ne serait arrivé au professeur Poiret si *la petite culotte* ne s'était *échappée*, ce jour déjà lointain, où la bise soufflait... Et Aristide, de son côté, éprouvait une honte terrible, dès qu'il songeait aux pensées licencieuses que sa voisine lui avait largement inspirées, par l'entremise des volages dessous !
Nul encore n'avait osé aborder le sujet. L'ombre légère du *petit vêtement* flottait dans l'atmosphère avec la discrétion d'un papillon de nuit.

Et pourtant, s'il eût avoué les fantasmes, contre lesquels une partie de son être persistait à lutter, Aristide eût montré à sa proche voisine un tout autre visage. Oh non, les réactions qu'elle suscitait en lui n'avaient rien d'innocent ! Plusieurs fois, alors qu'elle s'approchait, le professeur avait senti se hérisser tous les poils de son corps ! Il avait dû se rendre à l'évidence : cette femme dégageait une énergie électrostatique absolument phénoménale ! A son contact, il n'était jusqu'aux parties viriles de son anatomie qui ne se transformassent en douloureux oursins ! Le professeur évitait le contact, fuyait les frôlements...

Le dénouement advint, d'une façon soudaine. Un beau soir, alors que des chaleurs précoces pesaient lourdement sur la ville, Ludivine fit son entrée chez Monsieur Aristide Poiret. Elle était d'une pâleur extrême, les yeux rougis et les cheveux défaits, en tous points ravissante !

Aristide écoutait la radio. L'affaire des *petites boîtes* prenait un tour nouveau. Le cadavre de Carré-Lamanon, le Président de Câlinou, avait été découvert, découpé en morceau. On recherchait activement un homme, de petite taille, avec de courtes jambes...

Aristide s'était levé en voyant Ludivine.

« Entrez, je vous en prie... »

Elle s'était assise, un peu raide et le regard lointain.

« Qu'avez-vous, chère amie ? Vous avez l'air souffrant !

-Oh non, ce n'est rien, Aristide, la chaleur est si lourde. »

Le professeur servit un jus d'orange, avec de la vodka, comme à leur habitude. Un éclair avait zébré le ciel.

Tout en buvant, Ludivine Beaufort retenait ses sanglots. Abodium ! Le Prince l'avait abandonnée ! Lâchement ! Elle était humiliée ! Le matin même, elle avait reçu une lettre.

Elle revoyait l'enveloppe frappée des armoiries royales... Un fol espoir avait couvert tout son corps de frissons :

Très chère amie

Le roi, mon père, nous a quitté, et me voici dans les obligations que dispense ma charge. Les affaires de ce pays-ci se sont trouvées si encombrées que je n'ai pu me libérer un seul instant pour vous en avertir. Sachez aussi que les coutumes y sont aussi inextricables que des buissons de lianes. J'ai découvert avec stupéfaction l'ancestrale obligation, pour les monarques de

notre peuple, de prendre épouse, le jour même de leur couronnement, parmi les vierges du pays. J'ai naïvement cru mes pouvoirs suffisants pour ordonner qu'on abrogeât la loi. Mais le Conseil des Sages s'est élevé contre ma volonté. J'ai lutté, levé dans la jeunesse de nombreux partisans. Hélas, cette sombre querelle manqua précipiter tout le royaume dans la guerre. Déjà, mon oncle, l'ambitieux Bouabdweey, avait levé des troupes dans le Haut-Toufoulkan. Il fallut me soumettre. [...]
Veuillez croire, très chère amie ...

Ludivine regardait fixement le liquide qui emplissait son verre, l'esprit vide. Aristide faisait mine de classer des papiers.

Un lourd grondement de tonnerre se fit entendre, tout proche, et la pluie commença à tomber. De grosses gouttes cinglaient les vitres, avec une rage croissante.

Les deux amis observaient le silence. L'orage redoublait.

Ludivine se leva d'un air las.

« Je dois prendre congé... veuillez me pardonner... avec ce temps... il faut que je rentre mon linge... »

Presque au même instant, le terrible fracas du tonnerre résonna dans l'immeuble.

« Ne partez pas, je vous en prie ! »

Ces mots, tout seuls, lui étaient sortis de la bouche.

Ludivine le regarda avec un peu d'étonnement et de coquetterie.

« Auriez-vous donc peur de l'orage, Monsieur le professeur ? »

Il fut sur le point de formuler une dénégation, mais, au lieu de cela, la mine soudain plus grave, il déclara :

« O Ludivine, dois-je vous l'avouer, je vous... je vous... je vous... »

Elle balbutia en guise de réponse :

« Ne m'en dites pas plus ! Moi-même j'ai pensé bien souvent que nous... que nous... que nous... »

Une gerbe d'étincelles jaillit à point nommé, tout près de la fenêtre, plongeant l'appartement dans une nuit complète.

Il sentit la main de sa voisine se glisser dans la sienne...

♥ ♥ ♥ ♥

Nul ne s'étonnera que les rapports, au sens propre, avec le professeur Poiret, fussent, au sens figuré, des plus enrichissants.
A son contact, Ludivine se sentit devenir un puits de science, un gouffre de savoir, un abîme de connaissances...
En très peu de temps, elle fut capable de mieux comprendre :
La poussée d'Archimède.
La mécanique des fluides.
La tectonique des plaques !
Et, par l'entremise de secousses sismiques, telluriques, et même paléontorgastiques :

Le Big Bang !

* * *